ふたりで ちょうど 200%

町屋良平

河出書房新社

ふたりでちょうど２００％

もくじ

カタストロフ

あの日みた動画の映像はとおいのに、おどろくほど鮮明で、画面の豪雨《ごうう》のなかで自分と同じぐらいの年代の男の子が波にさらわれて消えた。消えたということと、死んだということはおなじことらしいと、気がつくまで自分は、何年もかかって考えた。ときどきは、楽観的にもなった。あれはただの映像で、文字では「死亡事故」とあったけれど、それを証明する術《すべ》はない。どこかで元気で生きているのかも。しりえないとおくのだれか。

その日は大豪雨ですらなかった。ただふだんよりいくぶん増水していた海べで、悪天候にさわぐ自然の定期的猛威《もうい》と、にんげんの好奇心が混ざりあって、ようするにただの見物のつもりでそこにいた他人が画像のとおい黒い点としてそこにい、すぐに消えた。コメントには自然を舐《な》めた行動のおろかさを露骨に断罪するにんげんたちの文字がそこにあった。

自分が新入社員として会社組織に属し、社会の一員としてあらたな一歩を踏み出すという前夜、ふと尿意《にょうい》にめざめた午前四時に、その映像をみたとおい日のことをおもいだした。あれはまだ自分が少年と呼べる日のころのことで、明確に何年前かはおぼえていないが、そのあいだにもおおくの出来事は起きた。しあわせな記憶もつらいおもたい記憶も混ざりあって、いまの自分はできている。

　ということを尿が水面にはじける一瞬におもって、すぐに忘れる。もう学生じゃないんだから、と学生のうちからたびたびいわれ、今日にいたる。ときどき、あの波の映像のことをおもいだすと、自分の二十二年の記憶が心もとなくおもえる。深夜にふとめざめるたびに、あたらしく生まれ直していて、寝ぼけているあいだにろくにしりもしない記憶を植えつけられてはじめて「自分」を名乗るような。

　つぎにはもう朝のめざめ。

　スーツを着てネクタイをしめ、家族の「いってらっしゃい」をうけて、家をでた。社会人。それは未知へのあたらしい第一歩。


　判明したのは新入社員歓迎会の席だった。営業部の面々が大挙して居酒屋を占拠し、われわれがビールをついだりつがれたり、そうしたことを緊張と酔いのなかでこなし、そろそろ新入社員をもてなす気遣いが一段落して、それぞれの気の合う同僚とはなしはじめ、明確に飲み会のブロックがわかれはじめたあたり。

　菅《すが》は、営業部隊にどうじに配属された鳥井《とりい》にはなしかけた。

「鳥井くんはあれだね、穏当《おんとう》な顔だね。覚えづらい、いるのにいないような、いないのにいるような……」

　すでに一ヶ月各部署に研修として振り回され、お互いの出自、就活の変遷《へんせん》などの基本情報はおさえ、たびたび同期の飲み会でも顔を合わせだいぶんざっくばらんだった。鳥井は体型も服装も顔だちもきわめて穏当、同年代の丁度《ちょうど》中間といった性格だった。

「菅くんもだいぶ平凡だけどね。でもちょっと天然だよね」

　と鳥井はいった。

「え、そう？」

「うん。ナチュラルにちょっと失礼だし、ときどき意識がボンヤリしているよね」

「そうかな？」

　それで菅は傷つくようでもなく、たんたんとビールをのんだ。そろそろ帰宅するサラリーマングループもあり、自動ドアが開くたびに春の終わるぬるい風が店内ににおいたつ。季節が菅をうれしくさせ、なにかを閃《ひらめ》きそうになった。

「あれ、鳥井くんって、したの名前なに？」

「陽太《ようた》」

「鳥井陽太……なんか、フワフワして……おもいだしそうな、おもいださなそうな……」

　鳥井はとっくにおもいだしていた。目の前の菅航大《こうだい》が小学校時代の同級生であることを。しかし中学高校大学とまったく接点なく、顔だちや全身から放たれる趣《おもむき》に当時の印象があるわけでもない、この菅という同級生を同級生として認識したのは、意外にもその声からだった。変声期を経《へ》て、声そのものは当時と似ても似つかない。しかし、声に含まれるなんらかのひろやかな性質が鳥井の脳細胞を擦《こす》り、卒業アルバムの硬い紙を捲《めく》らせた。そこに写っていたのは、別のクラスではあるが、たしかにおなじ小学校を卒業していた菅航大と鳥井陽太のふたりだった。

しかし、菅はおもいださないままべつの先輩に話しかけられ、「や……まだまだ……いや、もう無理、限界っす、食えないっす……」といい、記憶の構築はさえぎられた。

鳥井はすこしおもしろい。いま、自分のことをおもいだしそうになっていた、小学校時代の同級生。とくに仲がよかったわけではないが、三四年次には同じクラスで、同じカリキュラムで発達していった、あの日そこにいた存在。それがこんなにでかくなってここにいる。反射するように、自分もそうしていまここにいるのだと、かみしめた。記憶はどろどろして、自己同一性もたよりなく、どのような青春をおくったかも心もとない鳥井であったが、目の前の菅の元気を眺めて、自分はたしかにここにいるのだとたしかめた。

しばらくして戻ってきた菅は、先ほど鳥井のことをおもいだしそうになっていたことをもうすっかり忘れていた。

「もう食えませーん」

「食えよ。痩《や》せてるんだし」

「てかおまえ、クールだなあ。週末の部活いく？」

「いく」

かれらは社内のバドミントンサークルでダブルスを組んでいた。

会社の団体登録で借りている体育館でバレーとバドミントンとバスケが選べ、鳥井と菅はバドミントン部に参加した。同期で部活に参加しているのはふたりだけだった。鳥井は中学時に、菅は高校時にバドミントン部に所属し、それぞれ違う時期には違うスポーツをやっていた。菅は中学はバレーで大学はスケート、鳥井は高校大学でダンスをやっていた。

「バレー部じゃなくてバドでいいの？」

と鳥井が菅に聞くと、

「バドのほうがむいてた」

という。

「自分の身体《からだ》だけより、自分の身体の延長としてなにか道具があるほうがむいてた。ラケットとか、スケート靴とか」

大学でスケートといっても、本格的なホッケーやフィギュアスケートでなく、ただ週末にスケートリンクを冷やかしたあとに飲み会をするだけのスケートサークルに入っていたのだという。しかし、「シングルジャンプぐらいは跳《と》べるようになってたぜ」と自慢げにいう。

「いちおう部長になったし」

そんなことも、就活時の自己PRとして話したのだろうか？

「鳥井は、ダンスしないの？」

「してる。金曜夜に、隔週《かくしゅう》で」

「どんなダンス？」

「へんなダンス」

「へんな？」

「コンテンポラリー」

そこで幹事に「ガチ勢《ぜい》のひとたちは真ん中コートー！」と呼ばれた。ダブルスを組みたてのかれらは、まだまだコンビネーションがあまく、なかなか得点できない。

「トッパンの時、前出すぎないで」

といわれながら、菅は、「コンテンポラリーダンス？」とあたまに疑問符をうかべていた。

「コンテンポラリーダンス？」

「ってなに？」

「ということよりそれより」

「社会人一年目でそれをやっているキャラが不思議」

と思いながら、ジャンピングスマッシュを後衛《こうえい》から打たされていた。悉《ことごと》く拾われ、前衛の鳥井もプッシュポジションにはりついたまま、相手のレシーブは堅く攻撃的で、ただただ菅にスマッシュを打たせてしまっていた。ふと、チラッと耳に入った菅のステップワークの気配、ラケットヘッドを振りかぶる音ならぬ音のような機微《きび》で、菅が次に上がってきたシャトルをカットしてネット前に落とすつもりであることが鳥井にはわかった。それで鳥井はすすすと数歩下がり、相手コートへの視野をすこしだけ広くとった。

また菅もそれに呼応するように充分にコート外まで下がっていて、余裕をもってラケットを斜めに切る音がした。スマッシュレシーブの連続で体重を落とし気味になってい、足がコートに張りついていた相手が意表をつかれてもつれぎみにネット前のシャトルを処理したが、上がってきたシャトルは浅く、俊敏《しゅんびん》に下がった鳥井が叩いて得点した。

「ナイス！」

菅がよろこんでいる。内心、いま鳥井はなぜ自分がカットにいくとわかったんだろう、といぶかしんでいた。サービスのときにさえサイン交換をするほど、真剣にプレイしているわけではなく、かれらはただ身体を動かすのがすきだからこうして週末にも会社の面々と顔をあわせて運動している。でもいまの菅がシャトルのコルクを擦る音と、ラケットの振り切られた空気のふるえは、ふたりのダブルスに心地よいムードをもたらした。

しかしけっきょくナイスプレーのポイントはそこだけで、あとはほとんど相手のミスで得た七ポイントだけで敗けた。試合のことをふりかえる、すこし集中を副交感神経にあずけてリラックスすると菅の意識はさえわたり、先ほど自分がカットを打った瞬間にすばやく下がった鳥井の気配が記憶を刺激して、「もしかして、鳥井くん?」といった。

「鳥井だけど。いまさらなに?」

「いや、あの鳥井くん?」

「あのってなんだ」

「小学生の……第六小の」

「やっとおもいだしたのかよ」

無風の体育館で汗ばんで、おなじ温度を共有するふたりはおなじ場面をおもいだしていた。

それは体育の授業でポートボールをした日のことだ。小学校三年次の体育のカリキュラムにそのスポーツはあり、まだバスケットゴールにはボールがなかなか届かない、その前段階として40㎝ほどの高さの踏み台に生徒を立たせゴールマンとし、相手チームのガードマンをかいくぐりゴールマンにボールを投げ、キャッチすると得点となる。競技の性格上、ゴールマンとガードマンは長身の生徒がやるべきだった。

ゴールマンガードマンといえば、社会人になって営業チームに配属されたふたりは、性別問わず営業にでる者のことを「営業マン」ということをともにふしぎにおもっていた。マンが不思議。菅も鳥井もポートボールの記憶になった瞬間に、マンの不思議に思いを馳《は》せた。

小学三年の菅がフィールドの敵プレイヤーに囲われ、ゴールに背中をむけたまま「いっくぞー」と叫んだボールは、青空に放物線を描き、まっすぐにゴールマン役の鳥井に飛んできた。このボールを鳥井がキャッチできたらナイスシュートになるが、しそびれたらただの棒球になる。おなじ行為が運動の結果によって揺らいでゆく、そこにスポーツの意味があった。

「でけえよ」

小学三年の鳥井がつぶやいた。どちらかというと低身長で、背の順では中盤より前に域《いき》していた鳥井だが、垂直跳びはクラスで一番だった。おもいきってゴールの台から跳ぶと、冬の木枯らしがボールを押し戻して、ガードマンの手を掻《か》い潜《くぐ》って鳥井の手にあたり、もう一度ジャンプしてそのボールを手中に収めた。鼻のなかにつーんとする、血のようなにおいがした。

「おおおおー」

と皆がいった。とおくで菅はガッツポーズして、鳥井にアイコンタクトをおくった。鳥井も誇らしくそのボールを放り中央にかえした。

とりたてて県の上位レベルなどで活躍《かつやく》することもないまま、ふたりがスポーツに継続的に興じてきた原体験がここにあるのだが、双方ともにそれを充分に自覚しているわけではない。かれらはその感動をたびたび再現したくて、つらくてサボりたくなりながら、それでも身体を動かしてここまできたのだった。

「いたわー。鳥井くん。なんか、あんま喋《しゃべ》った記憶もないけど」

「おれもない。けど、いたよね？」

「いたいた。おれもいたよね？」

「いたよ。菅くん」

けど、ポートボールの記憶以外まったくあやふやで、いまポートボールの日を外して考えると、自分の中学、高校、大学、ひいてはいまここにいること、の基盤すら曖昧《あいまい》にかんじられた。とても、あたまがボーッとして……

ふたりとも、あたまのなかにおなじイメージがある。波にのまれた同年代の男の子。いつみたかも定かでないその映像の記憶。

「コンテンポラリーダンスってなに？」

と菅が鳥井に聞いた。

元々は興味本意でブレイクダンス、ヒップホップと高校で踊《おど》り、大学でポッピングのサークルに入って踊った。ポッピングの動きは身体の部位、筋肉や関節、皮膚や骨にまで意識を及ばせることができて、とても鳥井はたのしかった。

卒論で郷土《きようど》につたわる舞踏《ぶとう》の歴史を、それほど熱心にというわけでもなく調べていて参加したワークショップで、たまたま先生にであった。

その時期はさまざまなイベントに参加して他ジャンルの踊りに手を出してはいろいろ考えていた時期だったので、印象に残る証言をいってくれたダンサーは多かったのだが、上野先生の授業はその意識不明さが群《ぐん》を抜いて鳥井の心をひきつけた。

夜ねむるさかい、朝めざめるあわいにだけおもいだせるような感覚で、いつの間にか床に寝ころがって他人の身体に被《かぶ》さっていた日の体験をおもいだす。ほんとうにあんなことをしたのだろうか？　いかにワークショップといえ？　みしらぬ他人と身体を重ねて、自分のしたにも他人がいて、自分のうえにも他人がいて、たかい人間の塔《とう》が蠢《うごめ》いていた。まるで土地に根深い想念が渦巻くようなイメージを記憶しているが、先生がどんな指導で、どんなことばでその状況を導いたのか、サッパリおもいだせない。

卒論を提出したあとで先生の教室をのぞくと、先生は鳥井のことをさっぱりおぼえておらず、「へー珍しい」といった。

「若い男の子の感受性がそんなふうにむかうなんて」

そんなふうって、どんなふう？　教室に通いはじめて数回になるいまでも、先生がレッスンの途中でどんなことばをいっているのか忘れてしまう状況のなか、鳥井は即興《そっきょう》を踊っていた。

かといって、集中、没入しているというふうではない。こんなことやってて、へんだなあ、無意味だなあ、右膝《ひざ》が痛いなあだのの思考は、ふだんよりむしろ意識される。それなのに、踊り終えるとそこにいたときに考えていることを鳥井はさっぱりおもいだせないのだった。言語化できないのだった。

「へんなのだよ」
と応《こた》えた。正直、だれにもみせたくない意識をスタジオで解き放っているわけなのだから、菅にもだれにも興味をもたれることすら億劫だった。菅は「え、なにが？」といっていて、すでに自分がした質問を忘れていた。

消えているな、と鳥井はおもった。ときどき菅は消えている。ボンヤリボンヤリして、話しかけるという発想そのものが起きないほどそこにいない。営業マンとして、こんなふうでやっていけるのだろうか？　しかし不安は鳥井とておなじものだった。

「おれたち、ちゃんと社会人になれるかね」
と菅がいった。鳥井は背中ごしにうけとったポートボールをおもいだす。あの冬の子どもの感覚を。当時から変わらぬ菅の奔放《ほんぽう》な発声を。

「おまえはだいじょぶだろ」

と鳥井は応えた。

「そう？　よかった」

菅は、鳥井はだいじょうぶかわからなかった。この穏当な質《たち》の同級生が営業マンになって、数字をあげていくイメージがわかない。

「こまったことがあったら、いえよ」

菅はいった。

鳥井は、菅にいわれたくない、とおもってきこえないふりをした。さっきまで不安がっていたくせに、なんなのだ、その上から目線は。その日の二戦目で鳥井はわざとクロスリアを多用し、レシーブの率が悪い菅の弱点を露《あらわ》にした。菅はとくにそれについて言及しないが、「鳥井くんはけっこう意地悪なんだね」と明言した。ますます険悪になってその日を終えた。


その実要領がわるく、新入社員のなかでいちいち目だってしまうのは菅のほうだった。プリンターのトナーをとりにいくべく総務部に出かけたあげく、三十分たって手ぶらで戻ってきた。なにをしていたのかを質《ただ》されると、「よくわかんないっす……」という。それほど体育会ではないこの会社でさえ菅はきびしく説教された。ふたりにも数字がつき、その達成見込みについて所見を述べる月初会議で、売り伸ばすべき既刊と新刊についてばくぜんとした意見をいった菅は、「がんばるとか精一杯とかじゃなくて、もっと具体的に、目標の何割ぐらいを一週目で遂《と》げるとか、どの商品で何％を目指すとか、具体的な数字をいえよ」と叱られていた。

鳥井は、その説教は道理《どうり》ではない、と考えた。出版業界もだいぶカジュアル化がすすみ、取次店を中心にクールビズウォームビズが推進され春先にネクタイはおろかジャケットすら着用しているのは鳥井と菅のふたりだけだった。そのようななにもかも「生まれたて」のような状態で、ふたりが挙げる具体性にどれだけの言語矛盾が孕《はら》まれるか、わかりそうなものなのに。

しかし鳥井は抗議することも発言に感情を上乗せすることもせず、ただもっともらしい捏造《ねつぞう》の「数字」と「具体性」を言語化して初月の目標達成にリアリティを与えた。そのリアルの中身は空洞のさらに空洞、無の打ち消しのような所業だ。しかし営業部は感心した。営業というもの自体が多くの虚業《きよぎよう》でその日々を担《にな》っているわけなので、鳥井の空虚さにはその素質があり部員の歓心《かんしん》をかった。菅も素直にこくこく頷《うなず》いていた。

鳥井は、菅の発言内容ではなく、発言方法に原因がある、と考えた。周囲とうまくことばがつうじていない。独自のひろやかな空白で万人《ばんにん》うけする声ではあるが、こういうせせこましいコミュニティではよくもわるくも「指導」されてしまう。もっとおもってもいないことをいうときの声をつくらなければ、この先ずっとどこへいっても「指導」されてしまうだろう。しかし鳥井は菅が気安いし、営業部も既に鳥井より菅のほうが気安く感じている。ようするによくもわるくもなく弄《いじ》りやすいわけで、つい話しかけてしまうし話しかけさせてしまう。そうした菅の性質をして鳥井はのちに「おまえ、さてはパーティー気質だな」といった。

「なん、それ」

「いや、おれも人生でいまはじめて発した言葉だ。それにしても」

よく生きているなあ、と鳥井は菅にたいしておもっていた。視界を捉《とら》えるすべてが新鮮で、次の一歩を踏み出すごとに地面を延ばしているよう。世界をつくっているようだ。とにかく一秒先の出来事にもあたらしく出会い直すような、菅の素直に不気味な愛着をおぼえつつ、気持ちのどこかが反発した。


前日に先輩の手伝いで新刊を四十冊ずつ両手に抱えて直納した翌日、ふたりはふたたび部活に集《つど》った。両腕の筋肉痛が前日の労働の記憶をつくりなおす。書籍を納品したあとは刊行記念イベントのサクラとして客席に二時間いた。関心のない著者のプライベートなトークを翌日までおぼえていられるような余裕はいまのふたりにはない。

基礎打ちを一時間したあとは、各実力ごとにわかれて実戦を行い、部活を終える。なにぶん週一回の部活なのだし、きょうはガチ勢の参加者が九名に達していて、かれらは休憩《きゅうけい》の時間が長かった。ふだんなら空いているセンターの練習コートで基礎打ちのつづきをしたりもするが、きょうは昨日の疲れもあり、またコートの混雑もあって、ふたりでなにをするでもなく座っている時間が充分にあった。

菅は前日の直納時に紙袋を破り、青山通りの歩道に新刊をばらまいて二冊駄目にした。予備の本を持っていたからいいようなものの、「なんで紙袋二重にしないの？　わたしいったよね⁉」と先輩のヒステリックを召喚《しょうかん》しまた叱られていた。その実一週目の営業成績では鳥井を上回り、達成率九％と上々のすべりだし。本部のとりまとめなど、後半に多くの受注が見込め尻上がりに率がよくなるケースが多いため、「新人としては好発進」といわれていた。鳥井は初週五％で、おおきく水をあけられた。しかし鳥井はそれほど成績というものに拘《こだわ》っていない。じつは菅も拘っていない。ただふたりは週末の部活をたのしみに生きていた。

「ダンス、昨日は行ったの？」

菅が聞いた。アミノ酸含有《がんゆう》飲料をのみ、かるく前屈して背中をのばしつついった、その声を聞いて、鳥井はダンスについてすこしずつ、語ってもいいような気分になっていた。というより、菅に聞かれて踊っているときの記憶と感覚の欠片《かけら》を取り戻せそうな気持ちになっていた。はじめての感覚だった。

「昨日はいってないよ。先週。昨日は打ち上げでいっしょにのんでただろ？」

「あそっか。先週か」

「寝転んだまま、からだに水をたたえるイメージで……腕や……足……おなか……あたま……まで、動きながらからだのなかの水が移動していきます。タンクのように……あるいは、床が水面でもいい……水溜まりでもいい……とにかくー……水がからだのなかをいきかうイメージで……」

鳥井は先生の物真似をした。物真似からでなければ、なにもおもいだせなかった。

「床とちかしい存在になってー……土のしたでー……、生きてるもの、死んでるもの……交替してゆくような……」

「え、そんなこというの？」

菅はビックリした。素直におどろいた。鳥井もおどろいた。

「あれ？　そんなんいってたかな？　いってないかも」

それで、前回のワークをおもいだすきっかけを失った。しかし僅《わず》かな断片でも先生の物真似というかたちでおもいだせて、鳥井はややすがすがしい気持ち。

「ガチ勢の二番入ってー」

きょうはビジター参加の他社のひとが交《ま》ざっている関係もあり参加者が奇数なので、ダブルスをバラして競技をしていた。対戦相手としてネットを挟んだ、菅は鳥井のディフェンスがいいのを知っているので、クリアを多用した。そうしてわざとオフェンシブにさせて相手のミスを待つか浅くなったシャトルを空きスペースに落として得点した。ダブルスは穴のすくないペアが勝つ。パートナーがあきらかに熟達した技術をもっていたので、菅は気持ちよく好きに動いた。鳥井はネット越しに菅の声がよく出ているのを観察して、なるほどそういうローテーションにながれれば菅が気持ちよくおもいきり動けるのか、と学んだ。

一度、菅のパートナーが上げた途方もない高さのクリアが、見逃したらラインに落ちるかアウトになるかという瀬戸際《せとぎわ》で、鳥井は思いきり後ろに飛びながら手首だけのスマッシュを打った。しっかり相手コートのスペースをみていたので、スピードはでなかったが決まった。

「スーパーショットだ」

敵ながら感心した菅は叫んだ。鳥井はバックに跳んでものすごい高さを出す。もうすこし背が高ければ、うしろを抜くことは至難《しなん》だろう。ポートボールの日の記憶を思いだして菅はなぜだかたのもしい気分。そのスウィングで鳥井は右の後背筋を傷めた。パートナーに鳥井は、「すいません、背中やっちゃったんで、うしろお願いしていいですか？」と前衛《ぜんえい》にピッタリ止まりたい意思をつたえた。人事の四十歳ぐらいとおぼしき鳥井が名前もしらないパートナーは、「だいじょうぶ？　上がったらぜんぶ取るから、あんま振らないほうがいいよ」といった。それが菅には全部わかって、それ以降菅は鳥井を下がらせるショットが打てず、実力差も怪我のハンデもありながらけっきょく鳥井の組が逆転勝ちした。鳥井はいわくいいがたい気持ちに襲われた。背中の痛みもあり、汗が顔にびしょ濡れる。しかしすぐに身体がつめたくなった。小学校をともにし、中学以降を離れていた、かれらは幼なじみという括《くく》りに域するのだろう。しかし記憶は心もとなく、自分の怪我を敵方で庇《かば》う菅に、鳥井は実際にはなかった菅に救われた日のノスタルジーの、フラッシュめいたイメージをみる。

「接骨院予約した？」

菅が聞く。体育館近くの接骨院に、傷めたときはすぐに通うようにしていた。背中の筋肉は前日の直納時からの疲労をしずかに溜めていたのだろう。

「するするー」

鳥井は上《うわ》の空のまま、携帯で十五分施術《せじゅつ》の予約をした。

「すいませんー、一名抜けますー、いや、菅じゃなくて鳥井です、営業部鳥井」

故障した鳥井本人ではなく、菅が代わりにいいにいった。そうしてストレッチを長めにしたあげく接骨院にいって、「右肩から背骨付近までだいぶ固まってるんで、そこからほぐしていきますねー」といわれて、あっという間に寝におちる。その狭間《はざま》でゆめをみた鳥井は、菅に「たすけてくれ！」と叫んで泣いている。波にのまれて消えてゆく少年の姿で。

しかし、助けるべきだった、だれかを助けられたのは自分のほうだ、見殺しにしたのは、という罪悪感ばかりのつらい夢だった。目がさめて、夢のことなどなにもおぼえていないのに、「たすけられなかった……」とつぶやくと、背中の痛みがいくぶん引いていた。

施術の先生は、「だいぶ筋肉が固まってますね、ふくらはぎもちょっとしかさわれなかったけど、いつ攣《つ》ってもおかしくないよ」といった。支給されたばかりの保険証で四百八十円。

菅はやらかした。

東京がいっきに暖かくなった日。未だジャケットにネクタイを結んでいたかれらは汗だくで、百三十冊の文庫本を会社に持ちかえる道中をあるいていた。

翌月搬入で、という条件で注文をうけていたフェアの文庫本を、棚卸《たなおろ》しの直前に店着させてしまっていた。そのクレームを受けた朝に菅は不在だった。直行で別書店の担当者を一件訪問し、正午辺りに出社すると、菅は平素にも増してまるで意識不明、ぼうとした顔でそのまま自分の席におさまるのだった。不穏な空気が営業部にただよっていた。部員のだれもが不自然なほどしずまっており、気まずい視線を精一杯おくっているのに、菅はふーうなどという声を上げてミルクコーヒーにストローを差して飲んでいる。先輩の高橋さんが「菅ちゃーん」と呼んだ。

「翌月搬入で指定されてたフェアの短冊、即搬入で出しちゃったでしょ」

といわれても、菅には心当たりがなかった。

「フェア？」

「翌月搬入っていわれなかった？」

伝票に記載された店名を見、そこでようやく菅は青ざめた。

「以前はわたしが担当してた店だから代わりに謝《あやま》って、最終的には収まったけど、最初かなり怒ってたからね。あそこの店長、悪い人じゃないけどちょっと癖《くせ》あるって引き継ぎでいったよね？」

高橋さんはいった。菅はあやまった。しかしその実、こうしてミスで激怒させるまで菅はその店長の「癖」にまったく思いあたる手がかりを見いだすことなく、ただただだいいひとだとおもっていた。

「経理にお願いして伝票の日付は切り直してもらったけど、会社が近いこと知ってるから、一回全部引き取りにきて、棚卸しが終わったらまた直納してこいだって。八つ当たりみたいなもんだけど、菅ちゃん、ちゃんと謝罪がてらいってきな」

といわれ、菅がなにも持たずに出ようとしたところ、鳥井が立ちあがり、「おい待て。ひとりで百三十冊も持てるか。おれもいくから。ちょっと待って」と声をかけた。

「え、でも、まずいって。鳥井も自分の営業あるわけだし」

「課長指示だよー」

高橋さんにいわれ、菅は顔がようやくやわらいだ。

「そういうこと」

鳥井は菅の尻拭《しりぬぐ》いに一応は不服顔をつくったが、明日は我が身、誰しもがミスはするものだから、と快い気持ちでいた。なにより鳥井はひとのミスをフォローしたり肩代わりするのがすきだった。そういうときこそに、「生きている!」という実感をおぼえるたちだった。あとは運動しているとき、踊っているときぐらいしか生の実感のない「イマドキ」のありふれた若者だった。

それで、初夏の炎天下のした、ふたりは汗だくで文庫百三十冊を社に持ちかえるべく、七百メートルの距離を往復していた。店長は菅が顔をだすと、「いや、ごめんね。なんかもうしわけなかったね……。電話では高橋さんに直納でっていっちゃったけど、ふつうに取次回していいから、また送ってくれれば……」といい、かえって恐縮していた。電話をかけてきたときの剣幕を顧みるにだいぶ激昂《げきこう》していた筈《はず》だが、高橋さんのとりなしのせいか、菅の愛嬌《あいきょう》のせいか、怒りは完全に鎮火し、棚卸し後の補充品まで注文してくれる始末。もちろん菅は平身低頭あやまったが、鳥井はやや興《きょう》ざめした。けっきょく初月の予算達成率は菅が81%、鳥井が62%。目標金額は四半期の目標を三で割った数字であり、四月に研修をうけていたふたりにとっては六月をふくむ予算をたんに二分した数字だったので、六月のほうが好調が予測される現状、「菅は上々、鳥井はもうすこし」という評価をえていた。

「菅はケアレスミスをなくす、鳥井はもっと貪欲《どんよく》に」

という注意を、月締め会議でもらっていた。しかし鳥井は貪欲になれない。すべての営業行為が店側の都合を無視したわれわれの権威主張としかおもえず、ひととおり提案はせどもうまい誇大《こだい》広告がいえない。

「新聞広告うちますから！」

はいえても、

「二十冊ぐらいすぐ売れちゃいますよ！」

がいえない。

鳥井は二重の紙袋に膨らむフェア注文品を両脇に抱えながら、「おまえ、だいぶ持ち前の愛嬌で得してるっていう自覚ある？」と菅にきいた。

「そんな自覚あったら、愛嬌じゃねえだろ」

「自覚あるじゃん」

「自覚じゃねえわ。自己嫌悪だわ」

「そうなのか」

「重要な会議中でもついボンヤリしてたり、他人の気持ちにうまく斟酌《しんしゃく》できない無神経さが、おれの愛嬌ってことだろ」

自覚というより、自己嫌悪こそが菅の愛嬌に繋がっていた。わかっちゃいるけど直せないという、否応《いやおう》なしにある種の人間が好感をもつ劣等感のことだ。

そうしてつよい風が吹き荒れ、「なんかここんとこ慌ただしくて、はじめて体験することと、が多すぎて、なんだか大学いぜんの記憶がないみたいなんだよ」と菅にいわれると、まさしく自分の現況を代弁されたかのような「共感」がわきあがって、「わかるかも」と鳥井は応えた。

「おれも、おまえと話しているときだけ、やけに小学校時代のことばかりおもいだしてしまって……」

その中間の記憶がうすれている。ときどきはおもいだせる。しかしこうしてお互いに話して、「ことばにし」ないと、なにもおもいだせないような、ながい春のような感覚がふたり共通してあった。

菅のシャツが汗でびしょびしょだった。

「おまえ、めっちゃ汗かくな」

「めっちゃ汗かくんだよ、おれ」

「下着ぐらい着ろよ」

「え？　この暑いのに？」

「わりとビジネスマナーだぞ。よく知らんけど」

いまでは菅のほうが長身だが、小学生の時分は鳥井のほうがやや背が高く、菅はよく「チビ」とからかわれていた。そんな菅が背中から放ったボールをキャッチできた記憶は、こうしてともに大人になったいまでも鮮明にある。芋づる式に、そのころの記憶をよく自室にておもいだしながら、眠りに就く。翌朝には忘れている。しかし毎晩おもいだす。

食中毒菌がはやった時代に、ひとりひとり青い紙の「殺菌シート」が配られたり、梅雨時には消毒液に手首まで浸す義務を果たしてから給食をとりにいったり、わりに「保健委員」であることの多かった鳥井は、給食関係の思い出をよくおもいだす。菅は体育のことばかりおもいだす。ドッジボールで調子に乗ってボールから逃げ惑っていたら、教育実習の先生に強烈なボールを食らって足が飛ばされ、顔面からころんだこと。鼻のなかの血においの混ざったつーんとするあの感覚。手でさわるだけではわからない土の一面。校庭は手で掘るときよりずっと硬い地面でできていた。あのあずき氷のような、独特の土砂《どしゃ》の配分はなんだったのだろう？　雨の翌日にあんなに汚くなる地面を、菅は他にしらない。

先生は心底から申し訳なさそうに謝っていたが、菅はあれが「大人の悪意」をみた原初の記憶だとおもいこんでいた。いまの自分より程若い、あの学生はわざと年少の自分に相応《ふさわ》しくないほどつよいボールを投げた。だれも責めなかったし、つい「運動に夢中になりすぎる」悪いくせがでたと謝られたが、菅はあれは暴力だとおもった。それと同時に、「自分はすぐに調子に乗る」という性格を自覚したのだった。ふたつは表裏一体だった。「他人の悪意」と「自分の性格」は。

「だから、できるだけ失敗しないよう、目だたないよう心がけてきた気がするんだけどなー」

書店から大量の文庫本を引き上げてきたあと、課長にかるく注意されてから菅は下の食堂で、鳥井に昼飯を奢《おご》っていた。菅は生姜《しようが》焼きのキャベツを食べない。

鳥井は唐揚げ定食を嚙みながら、「その心がけにしてはすごいドジだな。でも心がけてるのはつたわったわ」と応えた。おそらく残すつもりだろう生姜焼き定食のキャベツだが、菅は食べかたがきれいで箸《はし》づかいもこまやかだった。

「あのときの教育実習の先生の顔、こわかったなー」

ラッシュ時間を疾《と》うに越えた食堂はかれら以外だれもいなかった。料理もだいぶん冷えていて、あたたかいのは米と味噌汁だけだった。スタッフさんにあったためてもらいたかったが、「肉が固くなる」といわれ拒否されていた。べつの店にいくべきだった。

そうして給食のときにだれかとだれかが喧嘩していたときのことをおもいだす。自我の芽生える丁度三年生ぐらいのころのことだ。当時は「なぜそんなに意地を張れるのだろう?」と子どもながらにふしぎに感じていたが、いまおもえばそんなに早くから自我を貫けるのはむしろ早熟の証だったような気もする。はやくから先生にたてつき、自我を貫くがゆえに周囲によく吠えていたクラスメイトがプロのサッカー選手になっていることを菅は昨日facebookでしった。当時からサッカー大好き少年だった同級生。社会人としての「一人前」の指標ではないにせよ、「夢を叶えた」、むしろ当時から「叶えるべき夢を持続していた」ことに、菅はなんだかすごく感銘をうけていた。

自分も、教育実習の先生に「いまわざとやったでしょ」といいたかった。と菅はいま鳥井にいった。

「『わざと』っていうのは違うにしてもさ、『無意識』なんかじゃないでしょって、あの当時はそんな語彙《ごい》がなかったけどさ」

「まあ、おぼえているだけいいんでない？」

鳥井は窓の外をみた。たくさんのひとが働いている自社から、取引先や出かける社員、出入りの業者などが往き来している。そのたび風が吹き込んで、緑のマットの毛の隙間《すきま》に、砂がたくさん交じっていた。こんなアスファルトだらけの道に、どうして砂が吹き込んでくるのだろう？　このまま漫然《まんぜん》と仕事していたら、営業不適格の烙印《らくいん》をおされる。仕事が気に入っているわけではないが、こうして外にでられる身分は性にあっていた。菅は休日は「部活以外は家にこもって動画とかみる」というが、鳥井はひたすらにいろんな街を散歩してすごしている。

後背筋の痛みはながく細くつづき、日常生活においては支障ないが、いまの鳥井にはできない動きがある。その状態を二週間以上過ごしていた。菅の手伝いなどで重いものを持っても痛まない身体だったが、やはり右肩から腕をあげて指先までビチッと伸ばす動きは痛かった。まず日常ではとらないポーズだ。

したがって、怪我の原因になったバドミントンのクリアとスマッシュを打つ動作が鳥井の痛みをその都度《つど》呼び覚ました。痛みは記憶になる。そうして怪我した日のことをのうみつに再体験しては、鳥井はアップを念入りにとる。とくに、ラケットを振るのと逆に回す動作で痛みがでるので、その予備動作をゆっくり、緩慢《かんまん》に、念入りにくり返した。

部活ではその鳥井の傷めかたを過去に経験していた菅が、いつもより広く動いてカバーした。典型的な片側スポーツであるバドミントンは、競技者ならたいてい利き腕側の肩から腰にかけての故障を経験している。極力うしろに下がらず、いつもより多くを菅に委ねざるをえない鳥井。奇妙なことに、そのほうが勝てるのだった。菅サービスのラリーでも、三本目までを処理すると菅がタタッと後衛にいく。相手方も鳥井の故障は暗黙裡《あんもくり》に了解しているのだが、開きなおって動く菅をかえって崩せない。ふしぎな経験だった。

鳥井は、自分の怪我のせいでいつもよりテンポの遅いバドミントンになっている、そのせいでとれているポイントが多いことに気がついた。バドミントンでは通常前衛と後衛を臨機応変にローテーションしていきポイントをかさねていくが、後衛で主に必要とされるクリアやスマッシュが鳥井にはとくに痛い。怪我という状況においてふたりは役割を固定せざるをえず、かえって気楽になっている。鳥井の前衛はもともと良いので、前を警戒《けいかい》されて後衛の菅を左右に振る作戦を相手が選択しがちだが、ラケットワークこそ雑なものの左右のフットワークは速い菅のスマッシュの打点がいつもより高く、さらにコースもキレている。きわきわオンラインというわけでもないが、センターにボディにシャープにと自在にきまっている。これぐらいのテンポのほうが菅にはいいのだろうか？　どんどん蒸《む》しあがってゆく体育館のなか汗だくで長いラリーをこなしながら、鳥井は怪我をしていてもスポーツをやるよろこびをかんじていた。

「ナイス！」

といい、かるく片手を重ねあうダブルス。いままでにない昂揚《こうよう》をふたり味わっていた。すでに菅は鳥井を庇っている意識ではない。自分が動きたいように動いて、むしろ鳥井に避けてもらっているイメージだ。心地よかった。しかしワンポイントごとのラリーが長くなって後半スタミナが切れ、マッチポイントからなかなか決まらなかった。そろそろ背中がジンジン痛い鳥井が賭けにでて、対角線のヘアピンをネットすれすれにとおし、ゆるゆる上がったシャトルに鳥井はしゃがみ、菅がスマッシュしてようやくゲームセット。僅差《きんさ》だったが、なんとか勝った。

「はー勝てたー」

ふたりは半ば無意識だが、これぐらいのテンポ感を忘れないようにしよう、と心がけた。鳥井のスピードにあわせるより、鳥井が緩急《かんきゅう》をつけたほうがいい。そうしてはじめて菅の弱点が隠され、長所が活きた。ふたりはうれしい。

おなじようにダンスでも、「右の背中が痛いんで、伸ばせないです」と先生につたえていた。

「先生は、『それはじゃあ、その怪我をヒントにしたワークにしましょう』と、なんだかうれしそうだったよ」

と、鳥井は菅にいった。息があがっていたが、気分は昂《たかぶ》っている。菅も持ち前の先入観の稀薄《きはく》さで、「へえ、そういうもんか」と聞いている。

「さいしょは皮膚《ひふ》をさわってー、皮膚を動かすー、そう、摘《つま》むように相手をさわってー……しばらく接触を感じて、動きたいなー、と思ったら、自分でも動いていってー……」

シャーマン的鳥井の語りに、菅はそのとき限りの違和感をおぼえる。しかし奇妙な好奇心もあり、体育館の床に足を投げ出してフムーと聞いて、頷いている。

「そのつぎ……次は、肉のワーク、捏《こ》ねるように、揉《も》む、捻《ひね》るようにさわっていってー……さっきとは違う動き……筋肉をー……意識する」

三層のレイヤー。次は骨のワーク。

「背骨から――……骨盤、骨に繋がっている――……骨から動かされるように――……からだが……じょじょに、筋肉や皮膚、が――……骨に溶けてゆく。生きていないもの――……物質としてのからだも――……思う。皮膚と、筋肉と――……骨、それぞれが……主体となって、語りとなって、動かしてゆく……」

「語り？」

菅はつぶやいた。

鳥井はタオルで顔の輪郭《りんかく》を擦って汗をふき、そのまま首にかけた。

「語り？」

「いまそう言ってた」

「うん。じゃあそんな感じだった」

果たして、それがレッスンの実際だったか鳥井はうまくおもいだせない。それこそ「語り」が途切れて、目の前にバドミントンコートと菅しか見えない視界に戻っていた。

菅は、いましかおもいだせないなにかを、おもいだしそうになった。

「記憶は……」

とつぶやく。

「身体のどこにあるのかな？」

鳥井はなにかしらギョッとした。いわくいいがたい恐怖で、無意識に右腕を振ってしまい、自ら痛みを呼び起こしてしまう。

「あ、痛ー……いてぇ」

「なにやってんだよ」

そうして次の対戦に呼ばれ、コートに入る。ふたりの思考は途切れた。鳥井はいまの痛みでおもいだしたのだが、バックして凌《しの》ぐたぐいのディフェンスは菅に任せるとして、チャンスメイクのバリエーションとしてスマッシュを打たざるをえないときがある。きょうはヘッドの軽いラケットをつかっている。指先の拡張としてのラケットのしぜんな重さに、助けられるようなスウィングで前衛ではこと足りた。そうしてスマッシュの感覚を、身体に染みついた癖を捉え直している。なにが自分にとって必要不可欠な動きで、なにがその不可欠を支える、一見無駄なようにおもえるが無駄じゃない遊びの部分の動きで、なにがしんじつ無駄な動きなのか？　手を起点に振るような、勢いのついた動きがいまは痛い。いまできるだけの身体の動きで、制限された運動でそれでも充分に、というよりむしろ勝てている。そのほうが勝てる。そうして平素《へいそ》の動きの無駄がわかる。遊びの部分を活かす余裕が強いペアに比べ欠けている。いまは鳥井の怪我が菅のアクセルを踏ませているだけなのかもしれない。治ったあとにきょうの感覚を忘れてしまって、身体の全能感にかまけてしまえば、ペアとしての向上はない。鳥井は後半にはほとんどサービスライン上に爪先をつけて、まったく下がらずにいた。菅はスタミナさえもてば、鳥井の思っていたよりはるかに優れたコートカバーリング能力を持っていた。一歩の瞬発力が、意識と連動する運動神経が滑らかなのだろう。しかしそれはいまだけの、きょうだけのものかもしれない。しかし鳥井は菅のコート感覚を信じたい。鳥井がジャッジを叫ばなければアウトを拾ってしまう癖が菅にある。しかしそれだけひろく動けているということなのかも。たとえばダブルスコートはシングルスコートに比べてわずか1・17倍広いだけなので、シングルスとおなじようにダブルスを動くと相手の身体は障害になる。相手の身体がそこにあることをマイナスとして考え、かさなりあう層をオフェンシブにとらえることで、より速度と奥行きをどうじに獲得できる。シングルスの攻撃力をそのまま二倍に活かそうとするのではなく、そのパートナーの身体が正しく邪魔だからこそ、じぶんの攻撃力が倍に倍に発揮されることを、考える。鳥井はそこにいて、菅は鳥井の怪我をふくめて鳥井を考える。背中の可動域が狭まることでコートの狭さがわかった。それなのに届かないシャトルはある、ふたりでも届かないって、しんじつどういうこと？　鳥井の怪我ではじめてふたりはコートの狭さと広さの、矛盾しない感覚と可能性をわかった。鳥井がそこにい、怪我がそこにあるからこそ、ほんとうに自分の動くべき動きがあるような気がしている、あふれる「こう動きたい！」から悪意だけを引いていって、それでも残る動きにはよくラケットが応えてくれた。シャトルを芯《しん》で捉えたときの、ポッキーかプリッツをまとめて十本ぐらい折って食べるときみたいな音を、空間に乗せてスマッシュ！　かえってきたレシーブがわずかにアウトだということを菅はじぶんで判断して、目がライン上で止まった。「旅のしおり」の厚さ程度、ほんのすこしの距離だけコルクがラインを超過。ポイントの獲得。そういうかたちで時間が止まって、ずっとそんな気分でいたい。

フルで動いて、23―21でようやく勝つと、菅は泣いていた。汗にまじって、ぼろぼろ泣いているパートナーが不気味で、鳥井は気づかないふりをした。しかし菅は「かなしい」といった。どんな記憶で菅はかなしくなっているのだろう？

菅は最優秀新人なる冠で表彰された。社員総会の壇上《だんじよう》で、各部署の「ＭＶＰ」とともに所在なさげな菅。しかし営業部の心中はさめていた。菅の行き届かない意識のフォロー、ミスになる前の数多《あまた》の不注意を補い、連携不開通を補い、なにかと世話のかかる後輩の愛嬌以外の部分を既にしっていた。六月で締めた四半期の目標で、菅は部内でも上位の１２９％でフィニッシュ。前任が取り損ねていた児童書の新刊をベースに、最後に大口の本部から既刊補充が入り、菅自身がビックリするほど後伸びした。

鳥井は71％で最初の四半期を終えた。実績ではおおきく菅に水をあけられたものの、もともと伸ばしづらい神奈川エリアの担当であったこと、売れるかわからない新刊をうまく伸ばせない代わりに実売の出ている既刊をしっかり取っていることは、むしろ部員にたかく評価された。上層部の受けは菅のほうがいいが、現場では鳥井のほうが重宝された。その要因の多くは菅の意識の及ばない「業務連絡の翻訳」のような分野を鳥井が担い、菅の大ポカや申し送りの不足などを未然に悟って、決壊しないよう屋台骨を支えていることをしっているからだ。それは菅自身がもっともよくわかっていた。

「とんだパーティーの主役ですな」

と戻ってきた菅はいった。しかしこんなホールを借りまでして社員総会を行い、半日を費やすこの会社、ちょっとあやういかもしれない……。離職率がきわめて高く、真偽《しんぎ》のわかりづらい噂《うわさ》は日々耳にしていた。もはやまったく信じていない終身雇用制度と年功序列をたてに、若さを質草にとられているかのような心持ちのかれらは、「二年は我慢しろ」などといわれて自分の意思をほとんど禁止されている。

「MVPといえば……」

菅は非常灯に浮かびあがる緑の棒人間が駆けているポーズをじっとみやり、いった。

「おれたちの同級生が、サッカー選手になったって」

鳥井はその同級生の名前を聞いたが、おぼえていなかった。

「それがなんでMVPといえば、だよ?」

「だって、おれたちの同級生のMVPなんじゃない? 夢を叶えたんだぞ」

大勢の社員が、総務が広報が編集が企画が営業が、一堂に会すホールのなかで、社長の話がつまらない。

「あのクソ社長も、同級生のなかではＭＶＰかな？」

「あれぐらいの年齢になったら……」

代表なんてざらなんじゃない？といいかけて、鳥井は「いやどうなんだろ」と濁《にご》した。自分たちの世代の外に想像力を発揮しようとすると、途方もない虚脱感がふたりを襲う。身体は取り換えられない。ひとがスターに憧れるのは、その取り換え不可能性の安易な虚像が、テレビや映画や雑誌の面に反射しているせいかもしれない。その不可能性だけがまぶしくて、スターそのもののことは永遠に見極められない。ほんとうに稀有《けう》で極楽でたのしい職業は、画面に映らない、だれの想像力も及ばないどこかで蔓延《はびこ》っていて、スターはひとの夢を浴びて輝く、その代替にすぎないのかも。

夢が想像力を汚している。

鳥井はその夜ふたたび卒業アルバムの硬い紙をめくりそこに菅航大の三文字はみつけられても、サッカー選手になったという同級生の名前をみつけられなかった。しかし違うページにちゃんと自分、鳥井陽太はいて、顔いっぱいの笑顔で写っている。

菅はへんにきまじめな顔のまま辛うじて口角をあげている。いまでは無表情ぎみの鳥井のほうが、稚気《ちき》をおびた顔で笑っていた。そうしておもいだす。視聴覚室にうつされて、この写真を撮った。四クラスまとめてよびだされて、ながい待ち時間のあげくであったカメラマンはひょうきんで、子どもたちをつぎつぎ笑顔にさせた。菅はそのとき、あかるい性格だった筈の自分がなぜうまく笑えなかったのかおもいだせない。なにか、心に燻《くすぶ》るマグマのような感情があったろうか？　小学六年生なりに？

おもいだせないことはこわい。既に壇上でえた賞状を眺め直さないと、さっき何が起きたのかもわからないようなボンヤリとした意識が菅をじんわり麻痺させていった。菅の達成率129％、鳥井の達成率71％。ふたりでちょうど200％なのだと菅は考えていた。鳥井はむろんそんなことは考えていない。

「合宿、いく？」

菅が隣に座っていた鳥井に聞いた。バドミントン部の夏合宿が翌月頭にある。

「いく」

鳥井は応えた。


昼から観光の組は観光へでかけ、かれらは体育館に入った。きょうは六時間も打てる。前半三時間をみっちり基礎打ちとフットワーク、フォーメーションに当てられる。とおく南房総《みなみぼうそう》の体育館で、かれらの運動神経は高鳴った。

鳥井は後背筋の痛みも完全にとれ、その記憶もだいぶ薄れていった。しかし菅のほうが鳥井の記憶を補うように、「おまえが動きすぎないでくれ」と執拗《しつよう》にいってくる。鳥井は不服だった。せっかく回復したのだから、実戦ではディフェンスに多くの労力を割くにしても、いまぐらいはおおきく動きたい。しかしそうすると「いい感じ」が永遠におもいだせなくなるぞ、と菅はいった。

永遠に？　大袈裟とおもいつつ、鳥井は菅にみつからないようおおきめにコートをつかった。休憩時間に体育館を開け放つと、すぐに草。まったき田舎のにおいが、偽りのノスタルジーを結びそうだった。ほんの僅かな風がありがたい。お盆《ぼん》が近い。体育館をかこむ敷地がすべて土と石と植物でできている。草いきれを浴び、鳥井は日焼けで顔がヒリヒリする。虫除けを半袖の腕と足に吹きかけると、菅が「おれにも虫除けやってくれ」という。鳥井は念入りにかけた。

「つめてえよ」

と二の腕にとどまって数秒ふきつけると、菅は笑った。海が近いらしいが、かれらはまだみていない。かれらの皮膚に虫が嚙むことはなかった。

夕方は観光組も戻り、試合形式をひたすらやった。鳥井が動きすぎると、やはり菅のところで失点になる。菅に気持ちよく動かせると、菅のところで得点になる。鳥井にとってはフラストレーションだった。菅のラケットタッチがもっと精密になれば、もっと動けるし、点もとれるのに。しかしほんとうにそれがこのダブルスにとってプラスに働くのかはわからない。自分の攻撃力の弱さも鳥井はわかった。それでも、怪我をしていない以上フルで動きたい。

鳥井がショートサービスラインを割って下がると、菅の前がぽっかり空く。前後に入れ替わるタイミングが、どうしてもワンテンポ遅れる。その遅れをつく俊敏なダブルス相手でも、そこをつけない鈍感なダブルス相手でも、おなじように最終的には敗ける。リズムの崩れが全体に及ぼす範囲を、かれら自身がよく把握《はあく》していないからだ。鳥井からすると菅の戦況を把握する五感の乏《とぼ》しさがその原因とおもっているのだが、鳥井の怪我を経験した菅は鳥井がセオリーに拘りすぎているとおもっていて、そのせいでどうしてもワンテンポ遅れてしまうのだった。鳥井の後背筋の怪我をより「経験」しているのは菅のほうだった。鳥井は怪我明けのいま、ただ前の自分に戻りたくて怪我を忘れたいとおもっている。うつくしいフォーメーションに拘っている。どちらのイメージがただしいと判断できないなか、こういうときにスコアや勝敗は正義をふりかざしすぎてむしろノイズになる。

「やっぱり前を重めに意識してくれよ」

菅が頼むようなかたちで、鳥井に提案する。

「……」

鳥井は沈黙した。そうして結局僅差でゲームをおとした。明日は他団体との練習試合がある。久々にまともに勝ちにいくバドミントンをしようと決意していた。試合形式とはいえ漫然とゲームをかさねていては、ペアとしての向上はない。そうしてかれら、今後の部活動を占うような動機が、確認しあうようではなくとも意識のどこかであった。菅はミックスダブルスに移ろうかという悩みを気持ちのどこかにもっている。会社に狙《ねら》っている女の子がいた。恋愛的にも、ダブルス的にも。

鳥井にはその菅の意識は読めた。恋愛とバドミントンは切り離してほしい。試合試合の合間でかれらが交わす議論で、双方ともに黙している裏のテーマというものがある。

・たかが会社の部活をどれほどの熱意でつづけていくのか

・いまのペアにどれほどの執着《しゆうちやく》があるのか

これをことばにしてしまえば、話し合い自体が台無しになる。

「いま鳥井に動き回られると、すごく視界がわるいんだよ、おれ」

「……」

「そりゃおれがもっと繊細にプレーできればいいんだろうけど、なにかが摑《つか》めそうな気がするんだ」

「……」

「でもこないだまでのいい感覚は、すぐになくなっちゃうかもしれない、プレシャスなもんだとおもうんだよ」

プレシャス？

鳥井はひたすらの沈黙。鳥井の脳裏にあるのは、「菅の本意がダブルス解消にあるのなら、話し合いそのものの受け皿がない」「たかが会社の部活で、菅のいう程度のプレシャスを維持するだけのモチベーションでもそりゃ構わないけど」「おれはあがれるところまであがりたい。どこまでも高いところで、広い場所で思い切り打ちたい。もちろん要所では菅を頼りたいけど……」という意識でさ迷っていた。

「なんだよ。無視かよ」

菅はいった。

「わかった。でも、菅サーブのときの三本目がうまく処理できないと、そこで失点するだろ。したら敗け濃厚になってしまう」

空気がひんやりした。暗に菅のサービスの粗さを指摘している。そこまではっきりお互いの技術的な瑕疵《かし》に口をだしたのははじめてだった。

「わかってるけど」

菅はふだんとおなじ口吻《こうふん》でいった。

「じゃあどうすればいい？」

鳥井はよろこんだ。どうやら菅はまだこのペアにモチベーションをもっている。自分に対して、ぶつかる気持ちをもっている。すべては技術に身体を差し出すことだ。そうして跳《は》ね返ってくる手応えにこそ、あらたな景色がある。勝ち負けより拘りたいのは、あらたな世界観の手応えだ。言語化される一歩手前のさとりの感覚だ。

「ごめん」

鳥井はいった。

「いや、謝らんでいいんだけど、どうすればいいって聞いてんの」

「サービスは練習しかないから、もうすこしロングもショートもルーティンをまもって。サインを決めよう。ぜったいにサービスを打ち急ぐな。サインどおりにすればおれもうしろで動きやすいし、もっとポジションチェンジしやすくなる。それならぜったいプッシュされてもおれがフォローする」

そうして中枢《ちゅうすう》を鳥井に任せれば、菅はもっと動いていい。試合を組み立てているのはあくまで鳥井だ。仕事では実務的にも心理的にも菅のフォローに回ることの多い鳥井だが、コートでは心理的にエゴイストでいさせてほしい。

「わかった」

という。そのあとの試合でもぎこちなくポジションを探ったが、だんだんかたちになってくる。菅サーブのポジションでも得点をとれるようになる。連続サーブが打てれば、菅だってうれしい。怪我をする前は自分がよく動けてペアが得点できればなんだって、どうだっていいとおもっていた。菅の動きに全能感がもどる。なんだか、消極性の向こう側に自分があるみたいだった。高校生のころは、ひとの生き死にすら厭《いと》わないほどの戦争状態でワンプレーに臨《のぞ》んでいた。積極的に選ばなきゃいけないとおもっていた。このワンポイントをとれるかとれないかは、犠牲にした時間や選択の重さいかんで決まるとおもえたし、たとえば自分やパートナーの寿命を天秤《てんびん》にかけてマイナス一秒をさしだす、いつでもそうするつもりでいた。でも集中するということは、そんな精神主義で担保《たんぽ》されるようなものではなかった。いまでも身体的にノリにノっている、若いペアのプレーをみていると、自分たちの世界こそが世界で、つつかれたらなんだって壊してしまえるよと、自分たち以外の世界は断固として認めないよと、「そんなこと選ぶまえに」そうしてしまえるとわかるプレーがある。でも、ふつうにしていても日常は壊れるためにあるものだし、選べないからこそ選ぶまえが暴力にひたっているのだと、ほんとはわかっていた。一秒後のことをだれも選べない、その当たり前の辛さから、逃げたくなる。スポーツとはその現場に立ちつづけることだ。一秒後に故障する、そうしっていれば戦争状態を解除してシャトルを追わなければよい。身体が傷むまえの想像力を、どう扱えばいいだろう？　世界のレベルで勝ちつづけるペアってけっきょくそういう戦争っぽさがないんだよね、平和なんだよ、どれだけ追い詰められても、だから冷静でいられる、序盤も終盤もおなじようにたんたんとポイントをかさねていける、これがほんとにだいじ。菅はいった。鳥井はぎょっとした。

めずらしく競技を語りはじめたとおもったら、なにをいいだしてるんだ、おれのパートナーは。

バドミントンは閃きと運動神経との接続がもっともだいじなスポーツなので、それほど骨格に恵まれた身体でなくても閃きがあれば勝てる。骨格と閃きが切り離せないものだとしても、もってうまれた血や骨や肉を閃きが凌駕できる日が、くるのかも。そう信じられるのがバドミントンの、とくにダブルスのよいところだった。それに、身体の拡張。ラケットを通した、視覚や感情の拡張。ラケットの面とネットと相手コートをどうじに視《み》て把握する身体性が求められるが、しんに重要なのは場面におうじてそのじぶんの拡張度合いのバランスを変化させることだ。あるときはラケットの面に比重をおいて視、あるときは相手コートに比重をおいて視る。しかし熟達すればラケットの面と相手コートは関連して視ることができるようになり、気持ちが複数になって、その実感がやさしさの感覚に似ている。やさしい気分が身体に満ちたときの感覚によく似ている。まるでハイチュウを食べているときみたいだな……

あるいて三十分ぐらいの場所に海があるらしい。菅が、「夜、海いこうぜ」といった。

「そうだな、すこしぐらい観光っぽいことも、しないとだな」

鳥井は応じる。海。

コンテンポラリーの先生に「海にいくんです、会社の合宿で」と告げると、「あらら。気をつけて」といっていた。

「じゃあきょうは海のワークをしましょう」

っていっていたよ、と鳥井は菅にいった。夕食時。食堂を借りて、計十五名の参加者が一堂に会した。大皿に巨大な白身の魚が、まるごと刺身になって並んでいた。頭と尾がついていると、生きているときのかたちがみえてやや生々しい。新鮮ということ。海が近い。菅の斜め前に、菅が好いている企画部の先輩、坪井《つぼい》がいた。仕事とコートでみかけるシュッとした印象と異なり、飲酒した紅顔をさらけだし笑っている。笑顔に少年のような面影があるが、ふだんは全身に迫力が満ちており、こうした時おりのオープンマインドはむしろ気高い。菅の好みは鳥井と被っているから、鳥井もすごくかわいいとおもってしまう。しかしいまの鳥井には恋愛をしようというモチベーションがない。その理由もよくわかっていない。

「記憶にきをつけてー……」

と先生はいう。

「自分のからだがー、押して、戻っていくようなイメージ……を意識するー。胸骨、背骨、骨盤、肩を引くような動きもつかって……手を伸ばす動作でもー……からだの他の箇所を引くことで、より幅がでます。そうしてさわれないものにさわる、ような印象でー……とおくへ、からだを投げるような動きも、発想してみて……」

そうして鳥井はおもいだす。先生に「仕事で再会した小学校の同級生とあっているときだけ、おもいだせる記憶が多い」と話したところ、

「それは剣呑《けんのん》」

といい、

「その子がもしダンスに興味をもつのなら、一度連れてきてもいいですよ」といった。そのことを鳥井は菅にまだいっていない。菅は酒と坪井の笑顔の波動にすっかり酔っている。今夜海へいく。

砂浜は黒く、波の音がとおくをざさめく。酎《ちゅう》ハイをのみながら、菅は「うえー、ほんとに海だ。遠かったー」といった。鳥井は無口になった。

潮《しお》の香りが濃厚。深く砂にめり込んだところで靴が跳ね返される、浜の弾力に驚く。バドミントンシューズでもなきゃ、膝が壊れそう。そんなに駆けたりしたら……

菅が浜まで走って戻ってくると、「水めっちゃつめたい」といった。

「空気よりだいぶつめたい。すごい海だぞ」

そうしてジビジビ酎ハイをのみ、「はー、坪井さんきょうもかわいかったなぁー」といっている。

鳥井は海がこわい。しかしそれをいいだせずここまできた。くればどうにでもなるとおもっていたが、さっぱりテンションがあがらない。

「菅、海すき?」

とようやく鳥井はいった。

「うん、すき。なんだか、異常な気持ちになるじゃん、妙に、ハイな……」

「おれはきらいなんだ」

「え？　そうなの？」

じゃあなんで来たの？といわない菅のやさしさが酩酊《めいてい》のなかでも残っていた。

「いえばいいのに」

鳥井は黙っている。鳥井は恥《は》ずかしい。いつから、なぜ海がこわいのかわからない。こうして近くに寄るまでわすれている。今回こそ平気とおもった。しかし大人になってもこわいものはこわい。

「じゃあ、ちょっと離れたとこに座ろ」

コンクリートで固められた堤防《ていぼう》に飛び乗って座り、「これ飲んだら帰ろ」と菅は海風を浴びた。灯台のひかりがはるかをくるくる回っている。鳥井はさむくなって、こまかくふるえている。酎ハイをそれぞれのんで、ふたりとも酩酊がふかまった。

「なあ、坪井さんいけるかなあ？」

と菅はいう。

「どうかなー」

しかし鳥井は坪井には十中八九彼氏がいる、と踏んでいた。それは勘《かん》にすぎない。だから菅には告げていない。たとえフラれても思い出はとうとい。夜の海。くらくて景色は見えないが、波の音だけがえんえん聞こえる。強い波、弱い波、人類があってもなくても聞こえる確かな音。

「おれ、きっと溺《おぼ》れたんだ。子どものころ。だから水辺はすごくこわい」

ふかく酔っぱらってようやくいえた。しかし菅はあっさりと、「あ！　おれも溺れたよ。子どものころ」という。

「うそだろ。いつごろ？」

「おぼえてない。鳥井は？」

「おぼえてない……」

「おれは、きっと溺れたからこそ、異常にテンションがあがる！　海のそばでは、躁みたいになる、スリルがたまんない」

「なんでだよ」

お互いが不気味だった。菅からすれば、大人になってまで改めて「海がこわい」といえる鳥井の自己同一性のほうがこわい。そんなの、たかがトラウマだろう？　生きていることに比べたら、そんなこと……

「なあ菅、おまえ夢ってある？」

根底に恐怖を抱えながら、厚顔にもエモーショナルな会話をしかける鳥井。

「えー。夢？　なにそれ。鳥井は？」

「うーん。ないから。ふつう、社会人になってまであるもんなのかなあって……」

「そもそも、子どものころにはあったの?」

「あったよ。そりゃ。なかった?」

「あったよ。夢」

「なんだよ」

「わすれたよ。ぜんぶわすれた」

「おれも。わすれた。ふつうかな。いまの夢は。ふつうにしたい。人生」


旅館に戻ると、部屋でウノなりトランプなりに興じている男子部屋なのだったが、むしろ三十五を越えた既婚男性組のほうがたのしそうにしていた。菅はしばらくその様子をニコニコ眺めわたしたあと、「のみたりないからロビーいかねえ?」といった。なぜ移動するのだろう。広縁《ひろえん》でのんでいる比較的若くてしたしい先輩や同僚たちに、交ぜてもらえば? 鳥井はいぶかしいが、その狙いはロビーについてから判明した。坪井と編集部の桑野《くわの》がロビーで酒盛りをしていたのである。酒豪《しゅごう》で知られている若いふたりだったが、鳥井と菅が海にでているあいだもここでのんでいたのだろうか? 鳥井は戻りにもここをとおった筈なのだが、そのときは坪井がおらず、桑野がひとりでのんでいるだけだったので、とくに気にとめていなかったが、菅は「坪井さんもここにいる。いまはトイレかどこかにいっているだけ」とあたりをつけていた。

「すんません、交ざっていいすか。酒とつまみありますよー」

といい、すでにロビーの巨大なテーブルにつき、貝柱などをごちゃっとひろげる菅。旅館ならではの豪奢《ごうしゃ》な木枠に分厚いガラスを張ったテーブルに、黒革の六人がけのソファー。うすぐらいなかを仄《ほの》かな赤い灯りが照らし、外では蟬《せみ》が鳴いている。草が高いガラスに迫るように繁《しげ》っている。自然にとり囲まれている。わざわざこんなうす暗いなか、なぜこんな場所でのむのだろう？

「わたしたち、ちょっと女子に浮いているから」

という桑野は坪井よりむしろ美人なのだが、会社では美を隠すような眼鏡と地味な服装、遠慮《えんりよ》のない物言いでそれほど目だたない。坪井もサッパリしたようすがきわだっているが、元来《がんらい》の顔のつくりがやわらかいので、しっかりモテている。しかしこの余裕としたたかな振る舞い、どうも彼氏のいる質に違いないと鳥井が考える要因であった。

「えーそうなんすか？　ぜんぜん溶け込んでますよ」

「嘘《うそ》つけよ。君たちはハッキリ浮いてるよ」

と坪井。笑っている。

「え！　なんで？」

「バドミントンに真剣すぎ。二人で仲よすぎ」

「そんなの坪井さん桑野さんもじゃないすかー」

好調に会話がすすんでいる。鳥井はやや眠い。時刻はまだ九時。あんがい時間のすすみが鈍いこの合宿、明朝に海にいくのが観光組のプランらしいが、鳥井と菅は試合に備えてギリギリまで寝ていたい。

「なんか菅と鳥井の仲のよさは、へんな切迫感があるんだよ」

と桑野。

「わかるー。なんか、ちょっと入り込めないよね」

「なにいってんすか。どんどん入り込んでくださいよ。また試合お願いしますよ。ぜんぜん先輩に勝てねえし」

「いいよー。まだまだ弱いもんねー」

坪井が菅の頭にポンポン手をおいた。わかりやすいぐらいに瞳《ひとみ》がときめいている菅。桑野と鳥井は思わずお互い目配せした。

「スガッチはかわいいなー。ブスだけど。鳥井くんのほうがシュッとしてて人気だけど、菅はブスかわいいなー」

「そんなはっきりいわんでくださいよー」

「眼鏡男子人気あるから、鳥井はそれで得してるな」

坪井に現実を指摘され、鳥井は気もちいい。

「わかってますよ。いいじゃないすか、実際眼がわるいんだし」

「バドのときにコンタクトにしてんのはあれ、ギャップを演出してるの？」

「してないっすよ！」

「うそだー。わざわざ就業時間にトイレでコンタクト入れてくるときあるじゃん」

「よく知ってんな！　違うっすよ、朝弱いからコンタクト入れる時間ないんすよ」

「ときどき寝癖《ねぐせ》もあるしな」

「よく知ってんな！」

アハハ。場がすごくあたたまる。

「でも実際、菅鳥井コンビは営業部でもよく頑張ってるって聞くよー。こんな崩れかけの王国で、真面目にやってるって」

「やっぱ、危ないんすか」

と菅。菅はこの会社でどれほどのことをどれだけやっていけるかと、まったく考えていなかった。時おり沈黙が走ると、しずけさの温度に亡霊がにおいたつ。

「たぶん、編集部で出版社の求人巡回してないひと、いないとおもうよ。もちろん、わたしもしてる」

と桑野はあたりめの破片を連続で口のなかにほうり込んでいる。

「いいなー、編集部は。わたしはべつに出版社じゃなくていいから、逆に転職サイトみても、いまいち危機感が駆りたてられないんだよね。もっと必死にならないとな」

「企画部の皆さんはどうなんですか？」

「うちの部のひとはこの会社に洗脳されてるとこあるから、迂闊《うかつ》にそういう話題だせないのよ。スガッチ企画部こない？　企画部の若い男の子みんな、完全に自己実現の目になっちゃってて、怖いんだよー」

「鳥井のほうが成績わるいし、その可能性あるっすよ」

「うるせえわ。現実をまじめにいうな。そこは行きますーでいいだろ」

アハハ。そこで、いちど菅がトイレにたった。菅が不在にすると、会話の主軸を握り場をゆるめていたのが坪井でもなく桑野でもなくもちろん鳥井でもなく、菅だったのだとわかる。みじかい沈黙が、それを証明するようで、しかしそんな単純なものでもないと鳥井は感じた。菅がいないと、まるで、自分もいないようになる。その逆は果してどうだろう？

「……菅は、おれとのペアでいいのかな？」

鳥井がピーナッツの尖《とが》った幼芽《ようが》部分を歯で剝《は》がし、そのこまかい欠片を嚙みしだきながらいうと、「いまさらー」と桑野がいった。そのこえが、鳥井が期待していたほどはあかるくなく、旅館のロビーのほのぐらい、ほんとうにはこんな時間に酒盛りをするのは推奨されていないだろう風景が、浮かびあがる。

「てか、てっきりスガッチの片想いなのかとおもっていた」

と坪井がいう。

「菅の？　まったく逆です。おれのほうが菅を必要と……」

「そういうの、ダルいっしょ。スガッチもそんなんいわれたら重いよ、鳥井くん、たかがダブルスだよ」

「たかが……、そうなんですけど……」

「たかが人生、たかが仕事、たかがたかがっしょ」

たかが世界。鳥井がもっとも気にしているのはいま発話していることとべつのことだった。ふたりでいると、まるでひとりでいるような気分になる。それはひとりでいるときの自分と厳密にはちがうものだから、まるでただ自分がこの世界にいないような気になる。思考のぜんぶが菅になっているような気分になってしまい、それすらも後から考えないとわからない。

まるでこの世界に菅か鳥井がどっちかしかいないようになる、それはダブルスの感情としてまっとうですか？

そう聞きたくても聞けず、鳥井は菅の個性ばかりが世界に際だって輝き、世界からうけとる反射が菅ばかり、という感覚なのだが、急に坪井が、「スガッチって、どちらかというと無個性、というか地味地味の地味、っていう感じだし」という。そうなのか？　鳥井の印象と真逆だった。ふたたび沈黙がつづき、菅が戻ってきていて気がつくと、桑野が寝に入っていた。どうやら、本格寝である。

「あ、桑ちん寝ちゃった」

「寝ちゃいましたね」

「あとで部屋に運ぶんすか？」

「いや、ほっとこう！　こいつ泥酔すると起きないから」

「えー」

隣に座っていた鳥井が反対側のソファーに移ると、桑野はしぜんくずおれ、ソファーに完全にうつ伏せになった。

「この子うつ伏せで寝るんだよね。美人なのに」

「美人は関係なくないすか？」

しかし、そうつっこんだ鳥井も、桑野の寝息に耳をすましているうちに、ウトウトしつつある。しばらく会話に参加できずにいると、「鳥井くん、眠いんでしょ？」といわれる。

「や、眠くないっす。ギンギンっす」

といいつつ、鳥井はおもむろに空いているソファーにうつった。

「なんでソッチいったの？　眠いんだろ。部屋戻れば」

「いや、いいっす、ここで、いいっす」

「なんでおれに敬語なんだよ」

鳥井は眠気の頂点で、部屋に戻る意欲を欠いていた。とりあえず三十秒だけ横になりたい。酒をのむときまって眠くなってしまうし、だれかが寝ていると眠気がうつってしまう。

「ちょっと、目、つむりますけど……絶対、寝ないっす……」

スウ……。

様式美のような寝オチを目《ま》の当たりにして、菅と坪井は呆気《あつけ》にとられたあとで笑いあった。


その実、鳥井の意識は醒《さ》めていた。ほんとうに寝におちていたのは五分程度で、身体は動かせないが五感はふだんより冴《さ》えた。はす向かいのソファーに寝ている桑野がしっかりねむっていることはわかっている。耳だけではない、あらゆる五感が身体が自由に動くときよりむしろ、冴えわたって身体にひびいている。そのようにして、自分じしんから解き放たれて、この場のことが却《かえ》ってわかる。

菅が、「彼氏とかいるんすか?」と聞いていた。鳥井は、おお、いった、とおもった。

「いるよー」

そうだよなあ。鳥井は寝たふりをしながら、実際身動きはとれないのだが、菅の落胆のほどをはかった。しかし、「えー。残念……」といって、悄気《しよげ》てみせはせども、しんじつ菅はどこかホッとしている、心がかるくなっている。

「おれ狙ってたのにー」

「アハハ」

かんぜんに声だけでしか笑っていない坪井が、なんらかの色香をだしはじめる。

「じゃあせめておれとダブルス組んでくださいよー」

コラ。

「わたし男子と組みたくない」

「なんで？」

「うーん、なんかわかんないけど。めんどくさい」

「ショック」

という菅の手の甲に、坪井は手のひらを重ね、すりすり合わせている。菅の逆の手がどこかへ伸びる。

「ダメ」

「ダメ？」

「うーん……」

「ダメすか？」

「ダメじゃないけど……」

「いいじゃん」

「やっぱダメー」

「とかいって……」

「バカ」

「ねえ。おれ……」

「ダメだって……」

「ウン……ごめん」

　とそこでくちづけ。なぜ？　そうして一頻《ひとしき》りイチャイチャしたあとで、この日から菅と坪井はしばらく口を利《き》くことがなかった。菅は次の機《き》を狙う。坪井が彼氏と別れる日を心待ちにしつつ、さまざまなチャンスを逃さず摑むつもりである。

　なにしろ鳥井も菅もまだ、若いのだから……

「おい、起きろよ」

　と、次にめざめるとロビーに坪井も桑野もおらず、まっくらな目前に菅の顔がある。

「寝てしまった」

「寝てしまってたな」

　しごくさめた表情の菅は、すでにすべての処理を終えたあとなのだろうか。迸《ほとばし》る熱はもうない。

「何時？」

「零時」

鳥井はぎょっとした。寝に入ったのは十時前後だったはず。では菅はどれくらい坪井とイチャついていて、どれぐらいひとりでのんでいたのだろう。フラれた思い出に酔って、坪井にさわった体温に酔って、じっとしていたのだろう。なんだか気もち悪い。

「おまえ、坪井さんにブスっていわれてたよな」

「いわれてた。ひでーわ」

事実はズレていなかった。

「てか」

菅はややしずかな声音でいった。

「おまえ起こそうとおもって肩を揺すってたんだけど、何回か透けるんだけど、何回か触れずゆきすぎるんだけど、鳥井はそういう体質？」

「どういう体質だよ。透けてたのはおまえのほうだぞ。おれそんときには起きてたから見てたし。おまえの身体がフワッと薄れてたんだよ。だからおれにさわれてなかったんだよ。ゆきすぎて」

「え、マジ？」

「いや、わからん。この際」

重大な問題だが、いまはとてもねむい。

「おれら、ちょっとマズイかもな」

「いまごろ気づいた？　ちょっとおまえ、ダンスに関心ある？」

「うーん……。考えたことない」

「考えといて。これからもおれら、消えないようがんばろうな」

「すごくねむい」

「部屋で寝よ」


基礎打ちをしているときは好調だったのだが、フットワークを確認するためのドロップ＆ヘアピンで前後にコートをつかっているときに、鳥井は菅のフットワークがふだんより重たいことに気がついた。途中からわざとドロップを甘く打つようにして、「ドロップ浮いてるな」と自己申告した。しかし菅にはすべてつたわってしまう。

だんだん表情がしおしおしていく菅をみて、こんなんじゃ勝てない、と鳥井は焦った。たとえ生きていないようにここにいても、ゲームには勝ちたい。しかし、その気もちを直接だしては「ダブルス」にならない。それはあくまで自分の動機でしかない。メッセージではない、プレイや態度で「表現」しなくては。なので鳥井は、「おいおまえ、昨日坪井さんとイチャイチャしていただろう？」といった。

「イチャイチャ？」

「うん。キスとかしてただろ」

「え？　してねえし」

「『彼氏とかいるんすか？』って。『とか』ってなんだよ。『とか』って」

「起きてたのかよ！」

菅は動揺した。

「フラれてやんの」

「うるせえ。いうなし」

「いいじゃん。おぼえてんだろ？　坪井さんの体温」

正直うらやましいぞ、と鳥井はいう。そこでアップが終了。自社とおなじく東京からやってきた広告代理店の、三部クラスにあたる、同等の技術レベルとおぼしき五チームで総当たりを組む。

「ぜんぶ勝つ」

鳥井は体育館をひろくながめわたしていった。体育館はどこも似ているようで違う。バスケットコートが天井に折り畳まれている体育館ではシャトルが当たってアウト判定になる。クリアをたかく上げすぎてはいけない。二階の通路に登ったときのワクワクも、シャトルが上がりそうになったときのあっ！という現在に繋がっていておもいだす。だいじなことはすべて十歳までに感覚している。運動していると、いままでのすべての経験とささいな動きのなかで再会して、すぐに別れる。鳥井の額《ひたい》が火照って赤い。菅は鳥井の意外な一面をみたとおもった。勝ちに徹《てつ》するべき条件が揃《そろ》えば揃うほど、鳥井の目は黒目がちになり、体温がわずか増してゆく。勝負師体質なのだろう。菅はそれほど勝負事に関心がない。21—19のスコアでも確実に「自分らのほうが強かった」とおもえるのは鳥井のほうだった。菅は勝ちも敗けもその日次第だと思ってしまう。しかしこのようにスポーツは、勝敗というおなじ真実の多面性と生活レベルでむきあっていくことにおもしろさがある。過程を重視しても、結果を重視しても、目指すところはおなじだ。「ただ身体を自分によりよく繋げたい。繋ぎとめたい」。菅は鳥井の闘志に応えたくなった。

「勝とう」

それで一戦目をとり、二戦目をおとしたが三戦目四戦目はとった。あとは全勝のペアとの対戦がのこっている。このチームに勝てば実質一敗でならび、全勝を負かしたチームである鳥井・菅ペアが優勝、という雰囲気になる。鳥井は主審をこなしながら、全勝ペアの動きをよくみた。後衛にいる赤いユニフォームは四十歳にちかくみえるがコートをよくみていて、ライン際《ぎわ》とセンターをうまく振っている。際どいシャトルはぜんぶ拾ったほうがいい。菅のスタミナが心配だった。もしかしたら昨夜よく寝ていないのかもしれない。すこし自分が広めに動くか？　けっきょく全勝ペアが全勝のまま最終対戦になった。鳥井はゲームの準備の際、「ライン際、いつもより拾ってってくれ。ジャッジに迷ったら拾って、アウトを確信したらいつも通り叫ぶ。なあ、たのむぜ」と声がけした。菅に任せられる範囲の広さにこそ自分のバドミントンののびやかさがある。ダメと判断したら広めに動けばいい。そろそろ陽がおちかけ、体育館の照明が濃くあかるくなっていた。

十点もとれず敗けることも覚悟していたが、いざ試合がはじまると終始リードする展開になった。ポイント毎に守勢に回りがちなのは菅・鳥井ペアだったのだが、菅のバックサイドが冴え、一本のカウンターでながれを取り戻してのポイントが目だった。実力伯仲《はくちゅう》の対戦においてはバックハンドの調子が勝負をうらなうときがある。どれだけ練習していても、ダメなときはほんとにダメなのがバック、つまりラケットの裏側をつかう所作であり、人間の手における甲の側の拡張感覚であった。フォアサイドはなんだかんだいって修正できる、フォアがまるで生の側だとしたらバックハンドは死の領域だとおもう。ほんのすこし飛距離を伸ばし、ほんのすこし角度をつける、そのすこしを練習やコンディショニング、つまり自我の領域でなかなかコントロールできない。バックストレートを相手コートのエンドラインまで伸ばして、上がってきたシャトルを鳥井が押し込んだり、ストレートを見せておいてショートクロスをきめるなどの高等技術も生まれた。こんな菅はみたことがなかった鳥井は、「絶好調じゃん！」とよろこんだ。バドミントン歴でいうとだいぶん鳥井のほうがながいが、はじめて菅を頼れるとおもった。自分のエゴをダブルスに差し出してもいいとおもった。そうして、しんのコンビプレーがつかえれば、二部昇格を目指せるかもしれない。

ダブルスのために自分を捨ててもいい。

「なんかきゅうに目が、遠くがよくみえて……」

菅はいつにもない充実を表情に灯していた。

一セット目を21―17でとり、しかしさすがに後半は菅の足がややもつれた。レシーブでさんざん凌《しの》がれたあと、自信を持てずにジャンプスマッシュを跳ぶ足はだいぶ重たい。二セット目もわずかにリードする展開で進んだが、相手ペアが菅の足をつかわせるシャトル運びに徹し、菅が前後左右に振られた。しかしここで下手に鳥井が守備を広げれば、いざというときの決め手に欠ける。二セット目は菅のジャンプスマッシュが主たる得点源になった。鳥井は歯痒《はがゆ》い。

「下がんな！」

と囁《ささや》かれ、菅に任せたシャトルがポイントになった。菅はみるからに顔が疲労している。発汗量も尋常《じんじょう》でない。背中に手をおくとじんわりと鳥井の手のひらがしめり、菅は体温で語る。「いまをいまとして生きる」。いまがどういう時間系列であろうとも。試合中の時間はそもそもが生活時間とは異なる。そのようにいまを生きるという人間世界を外れ超越した時間軸を、いま菅は生きている。のちに判明したところでこの試合でアキレス腱《けん》を傷めていた菅は、その状態でも痛みを感じることなく連続で跳んでいた。19―17。鳥井のレシーブでロングサーブを打たれ、下がりながら打ったスマッシュにヘアピンを返され、菅が上がった。足をもつれさせ転がりながら拾ったヘアピンはしかし菅の集中に拠《よ》って相手コートがよく視られていて、充分に深いリターンになった。下がりながら打たれた甘いドロップをネット際で鳥井が一か八かのプッシュ。落とす筈のポイントをとった。鳥井はふるえた。戻るタイミングはなかった筈なのにうしろを振り向くと菅はしっかり後衛のセンター付近を守っていた。いないと判断したから思いきって上がったのに。

鳥井は菅の迫力に戦《おのの》いた。息を弾ませながらマッチポイントを握る菅・鳥井ペアだが、相手も19まで追いついてきていた。菅サービスの三本目が甘くなり、バックサイドに押し込まれたシャトルを、しかし菅は読んでいた。充分に間に合うタイミングで、しっかりストレートを返したのだが、打ったあとで菅がラケットをおとした。しかしきょう切れている菅のストレートが相手に浅いクリアを上げさせ、おもいきり跳んだ鳥井が叩きつけてマッチ。鳥井は吠《ほ》えた。

喜びを爆発させせうしろを振り向いた鳥井がみたのはラケットをおとしたまま呆然《ぼうぜん》と立ち尽くす菅だった。

東京へ戻る。菅と鳥井ははたらいた。とくに菅は、初四半期の達成率ほどは稼《かせ》げなかったものの、ケアレスミスも減り、ぼんやりしていることも減り、傍目《はため》にも意識改革が内面から起こっているのがわかった。初めはいまだけと笑っていた営業部隊も一ヶ月で見方を変えた。とくにいままで現場と上層部との折衝《せっしょう》に身をおき、菅のいい面と悪い面を具《つぶさ》にみぬいていた課長は菅を買い、実のいい取引先に同行しさらに予算を与えたりした。予算が増えればインセンティブ額の幅も増える。鳥井と菅のインセンティブに明確な差がついた。

鳥井はあくまでマイペース、仕事より部活やダンスに意識がむきがちで、夏を越すとフォローすべき菅はもうそこにおらず、鳥井の機転が発揮される場面が打ち消されると、残ったのはいまいち覇気《はき》のない一年目、というそれだけの社員だった。

多忙にはたらく菅をみて、鳥井は空しかった。足首を傷めた菅は、日常生活でもやや足を引きずり、毎晩風呂あがりにテーピングで固めている。しかし、毎日や、日常や、生活はあっても菅には記憶がない。鳥井にもない。

合宿帰りに、あの日見た波の記憶をわかちあった。ふたりとも、おなじ映像記憶をもっていた。

「パソコンの向こう側で、ひとりの男の子が、だんだん観測点から遠ざかっていって、ひとのかたちじゃなく黒い影になって、点になって、嵐が吹いていて、波がおおきく寄せていて、浜をおおった波は海水浴場の入口を入口じゃなくしている。ひとの生活圏の概念《がいねん》を覆《くつがえ》し、ことばを、記憶を破壊している。もとは海水浴場へくだる階段だった場所で、黒い点が一瞬の波に隠される。次にはもう自然しか映っていない。画面上ではただの黒い点だった映像情報が、ただなくなった。それがひとの生き死にだって、気がついたのはずっとあとだった」

だけど、ただサイトの動画標題に「【閲覧注意】死亡事故の瞬間【小学生】」と書いてあった文字情報に影響されているだけなのかも。かれら話し合っている窓の外でとおくに海が見え、合宿メンバーのほとんどは眠っている。菅は覇気がない。どちらともなく動画サイトでみた映像を確認しあったあとで、「ラケット、落としたんじゃなくて、落ちた。バックで打ち込んだあとに、手がなくなったみたいになって、ぽろっと落ちた。だから、ふつうラケットが滑ったときみたく飛んでいかずに、ゆっくりと真下に落ちてヘッドが跳ねた。おれ……」

菅はふるえていた。

「生きていないのかも」

そうして、ポロポロ泣いた。

「おれもそうかも。ぜんぜん、ない。バドミントンの技術はあっても、部活の記憶ない」

「おれも、ない」

「気がついたら、新入社員で、おまえと語られた生活のなかにしか記憶、ないよ」

「おれ、ひとりだったらとても……耐えらんない。てか、痛い」

「え?」

「足、痛い」

靴を脱ぎ、靴下を脱いだ菅の足は腫《は》れあがり、鳥井はぎょっとした。たしかに足を引《ひ》き摺《ず》っていたので傷めたのはわかっていたが、ここまで腫れていたなんて。内出血を伴って青黒くはりつめ、骨折を疑うほどに膨《ふく》らんでいる。

「バカ、もう電車乗っちゃったから冷やせねえぞ。氷がなきゃ意味ないんだ」

部活の記憶はなくとも、応急処置の知識はあった。取り敢えずアイシングはおいといて、足首を九十度に固めてがっちりテーピングをする。ジンジンとした熱をもったこの皮膚が死んでいるもののものとはとてもおもえない。鳥井は電車のなかで跪《ひざまず》き、菅の足を固定した。菅はボンヤリしている。

「はやくいえば、どっかで氷嚢《ひょうのう》で冷やせたかもしれないのに……」

「だって、無駄《むだ》じゃん。おれ死んでるかもしれないのに」

「……でも、痛いんだろ?」

「痛い」

「じゃあおんなじだ。生きていても、死んでいても」

ダンスを踊っているときの感覚が、鳥井のあたまをよぎった。スタジオは団地の一角にあって、夏でも冬でも空調をつけることなく、一定の環境で開け放されている。その空間を拡張するように鳥井は踊っている。スタジオのなかではもっとも死んでいるようだ。意識がなくて、それでも動いている。語り直せない時間を動いている。

「死んでても、生きてても、動いてる」

そうして部活のメンバーと東京駅でわかれ、鳥井は菅をおぶった。

「いいよ、べつに、たぶん折れてない。恥ずかしいわ」

「もういいわ。おまえを信じられない。怪我を隠されたほうの気もちを、わかってないんだ……」

そうして体格的にはやや小さい鳥井のほうが菅をおんぶし、タクシー乗り場まで運んだ。時間も遅く、夏季シーズンでなかなかタクシーは捕まらず、タクシー乗り場の行列で鳥井は菅をおろした。

「あとは片足でケンケンしてけ。家に帰ったらすぐに冷やせよ」

「家ってどこだよ」

「しらねえよ。おれに聞くなよ」

「おれだってしらねえよ」

「でも帰れるだろ。ならそれでいいだろ」

「よくねえよ。ぜんぜん」

でも実際菅はかえれる。翌日には半休をとり、整形外科にいってから会社にくる。松葉杖はついていない。ギプスもしていない。どうやら骨折でない。かるい捻挫《ねんざ》だ。しかししばらくは運動できない。菅と鳥井は業務連絡以外口を利かなくなった。時間はどんどんゆきすぎる。この五ヶ月の記憶だけ濃度がまし、リアリティが描出され、その他の日々との差異《さい》がくっきり浮かび上がる。しかし小学生のころの記憶は色濃い。あの日ポートボールをうけとった鳥井の感情はたかまる。来世ではふつうの親友でいよう。今生《こんじょう》はもうたかまる。毎日が濃密だ。鳥井は菅でないだれかとダブルスを組み、相変わらず部活に精《せい》を出す。ほんとうは、じぶんもラケットを落としたい。菅の気もちに同調してやりたい。しかしラケット捌《さば》きはどんどん繊細《せんさい》になり、身体の一部とおなじに操れる。鳥井はラケットを愛した。シャトルを愛した。自分の身体の一部のようなコート感覚、ネット感覚、空中感覚を愛した。はやく菅も戻ってこい。仕事なんてなにがたのしい？　目の前のことにまじめに向き合いすぎている。拘るべきは身体感覚の拡張、それ以外なく、互いありきの物語をバドミントンの競技性に適応させてそここの世界に定着できるに決まってるのに！

なんやかんやで菅は坪井とつきあう。坪井は長年付かず離れずと交際してきた彼氏との不和を菅に相談し、なんとなくスガッチアリかもというながれでつきあう。なんたるメロドラマ。鳥井は呆れた。自分たちが離れているからこうなる。物語が地に落ちる。

そうこうしているうちに菅の怪我は治るが、いっこうに部活に顔をださない。会社の経営状態もいよいよあやうくなり、冬までに自主退職が続出する。若いものからやめていく。桑野も疾うにやめ、部活は参加者が五人を切るときもあり、廃部の危機が訪れる。しかしたんたんと鳥井はシャトルを打ち、シャトルをラケットですくい、シャトルを打ち、ときどきは踊りにいく、しかしいつしか記憶はあいまいになって……

どんどん寒くなってゆく。

ゆきすぎる季節は海のつめたさをおもいださせる。菅はいまでも夜の海がすきか？　鳥井は海をすきになれそうだとおもう。それは錯覚にすぎないかもしれない。自然物にたいしても、人間にたいしても、恋愛感情は錯覚にすぎない。坪井は菅の「中身のなさ」に幻《げん》滅《めつ》し、前の彼氏と元鞘《もとさや》に収まる。なんたるありきたり。

とんでもないベタ。

怒りすらおぼえる鳥井は、菅に声をかける。

「おい、おれも帰る」

退勤をわざと合わせ、エレベーターをくだり、そのあいだはずっとふたりとも黙り、外にでた瞬間に鳥井は、

「書店さんにこの会社つぶれそうって、いってる？」

ときいた。

「いってない」

「おれはときどきいってる。仲いい書店員にだけ。発注もなかなか自由にできない店も多いのに、貴重な棚をうちの本で埋めてるのもうしわけないし」

「うん」

「ただ本が好きなだけでやっているひとがいっぱいいる。おれたちとはちがって」

「うん」

部活こいよ、っていいたくてこんな迂遠《うえん》な会話を交わしてしまう。冬がかれらの服装を厚くさせていた。営業にコートは邪魔になるから、年内はできるだけ下着を重ね着して、そのうえにシャツを着てセーターを着てスーツを膨らませている。電車のなかで汗だくになることもある。テナントのなかでも汗をかく。代謝のいい菅はけっきょく夏も冬も汗をかき、すごしやすいのは春秋だけだ。

会社から帰路につき、かれらどこへ帰ればいいのかわからないのだが義務感にかられ帰る。菅は帰りみちにあるく空のオリオン座をみてなにがしかが懐かしくなり、「久々にしゃべったな、おれら」といった。鳥井はうれしかった。

「うん、おれ、会社辞《や》める」

鳥井はいった。はやく転職活動をしなければ明日はない。生きていても生きていなくても明日はくる。リゲルとベテルギウスの距離が薄い雲で滲《にじ》んでいるのを菅はみる。

「そっか。おれ、坪井さんにふられたよ」

「しってる」

「おれは、会社辞められんない。課長に恩がある。生きていてもいなくても恩はある。おまえとはちょっと違う」

「うん」

「おまえといると、リアルが濃いよ。おれは、濃いほうがこわい。うすいほうがいいいんだ」

「そうか」

「ダブルスはたのしかったけど、もう、おれ、運動なんていい。濃ゆい身体の経験は、もういい。身体をやりたくない」

「うん」

「身体を捨てる」

わからなかった。お互いの気持ち、お互いの濃度がわからなかった。鳥井は時間をどんどん圧縮して煮詰《につ》まったスローを生きたい。菅は薄まっていても予定調和なベタを生きたい。安定したメロドラマを生きたい。

「わからんけど、承知した」

「ごめん」

「さいごに、ダンスにきてくれ。きょうこれから、レッスンあるから」

鳥井はいった。

「さいごって？」

「さいごはさいごだ」

そこで駅についた。菅はすこしたちどまる。ふたりのあいだを人間がにぎにぎ通りすぎてゆく。金曜の夜。まだ街が酔っているようではない。鳥井は祈る。途切れそうな語りをもうすこしだけ繋げたい。菅はつぶやいた。

「いいよ」


スタジオで、「急にすいません、一名見学いいすか」と鳥井がきくと、「いいよ、その子が菅くん？」と先生は菅を覗《のぞ》きこんだ。

おかしな存在だと菅はおもった。社会から離れてこのスタジオにこもる目の前の先生は、会社をでれば会社人ではない自分たちとはちがい、スタジオを出ても舞台を離れても舞踏家でいるのがなぜだかその佇《たたず》まいからつたわってくる。身体からつたわってくる。カーンの向こうで鳥井は着替え、菅はスツールに座る。スーツ姿ではひどい異物だった。しかしこれがさいごだとおもって、スタジオをみた。ここはまるで霊界みたいだけど。

リズムもメロディーもあやふやな、ボヤボヤした音楽のなかで、先生と鳥井はふたりで寝ころがり、左右に身体を折り畳みながらころがっている。

「両手両足を近づけるように――Cのカーブをつくって、じょじょに距離を近づけるように――……折り畳む、お尻をあげるときに、ながれをブツッときらない……ゆっくり、丁《てい》寧《ねい》に……床に重力をリリースしていきます」

幼稚園児が寝返りをうつかのごとく、緩慢に左右にころがってゆくようすをみて、菅はなんともおもわない。ただだんだんねむたいような、意識の途切れるような、うす甘い精神状態になってゆき……ゼロよりもマイナスに身体がしずまってゆく。いっぽう鳥井は恥ずかしい。自我を解放したいスタジオの空間に菅という異物があるような気がする。自己にふくまれる邪念《じゃねん》が放置されたまま、内省《ないせい》をふかめているようなおちつかなさが、鳥井の身体を揺さぶる。

「じゃあ、きょうは生徒が鳥井くんひとりだけだし、CIをしっかりやりましょう」

他者の身体との接触をきっかけに、自我《じが》と他我《たが》のさかいをとりはらい、ふたりでいっこのあたらしい生命のように動くコンタクトインプロ。音楽に合わせるようでもないが、流れてる音楽もコンタクトのひとつであり、身体は受信してしまう。そのように動く。ガッツリ身体を絡《から》み合わせるのでも、片方が片方を支えるのでも、ほんのすこしさわるのでも、さわりすらせず互いの動きをみてながれるのでも、ことばを介在して影響しあうのでも、すべてが広義のコンタクトといえた。鳥井はすこしほっとした。菅という自分の内面に含まれる邪念があっても、先生の身体のながれをよむように集中すれば、それは外部にできるかもしれない。鳥井の足の裏に先生が手の甲《こう》を差し入れることをきっかけに、あたらしい地面ができてひとの身体を利用して動くことであたらしい床が生まれ、地上という基盤《きばん》が動くことにより、空の概念もあやふやになると、自分の身体とあたらしく出あう。先生の動きのながれをみて、自分も動くが、しばらく動いているうちに「意思」があやしくなり、「意識」があやしくなる。うごきが神経症めいて引き攣ってくると、ふたりの身体が意外な影をつくり、ひかりを覆っている。空気が変わり色が変わり、空間が変わる。

菅はビックリした。こんな異様をただみせられて、お互いがお互いに没入している空間に交ぜられて、気もちが悪い。じっさい吐き気を催《もよお》して、一度スタジオを出た。しかしそれにも気づかず鳥井は、ひたすら空間とコンタクトとの関係性に埋没した。音楽が止み、すこししてのち、「はい、ゆっくりー……動き止んで……元に戻ってゆくー……」そうして自分に戻り、「ありがとうございました」と口にすると、先生はいつものようにそこにいる。しかし鳥井には先生が「出現した」みたいにおもえる。

「すこし休憩して、後半もうちょっとすすめましょう」

「あれ……菅は?」

「トイレみたい」

先生はMacBookを弄り、音楽を聞きながら、「うーん、後半どうしようかな……」とつぶやいた。あるていどは考えてきているのだろうが、先生はいつもレッスンをしながらつぎのワークを考えている。

「あのー……」

「はい」

「おれと菅、ちょっとおかしいんです。記憶とか」

「記憶？」

「なんか、共通の記憶があって、台風の日に波にさらわれた男の子の映像をみたっていう。それと、小学校以外の記憶がない。毎日の記憶もないんです。まったくないわけじゃないけど……、すごくおぼろげで、まるで……」

コンタクトをやっているときみたいなんです。先生はへー……と唸《うな》った。

「おれたちのどちらかが、或《ある》いは片方が死んでいるみたいです」

「死んでいる？」

「うまくいえないけど……。生きているべき心地がなくって」

「えー。むずかしいな」

先生の口吻がとくにかわらないので、鳥井はすこし脱力した。

「でも、そういうことって、あるのかもね」

「うーん……ちょっと菅、邪魔かも」

鳥井はもう菅をここに誘ったのが自分だということすら、わからないようになっている。

「いや……邪魔はおれか」

「でも、そうだとしたらあなたたちは記憶を共有するお互いが近くにいてラッキーだったとおもうよ」

あの日、群青《ぐんじょう》の空をかきわけて飛んできたポートボールをおもいだす。

「そうか……そうだ！　そうなんです。やっぱり……」

鳥井の情緒《じょうちょ》がはげしく乱れている。菅がスタジオに戻ってきた。顔色が青い。

「だいじょうぶか？」

鳥井は菅にきいた。薄く生きたい菅には鳥井は必要でないかもしれない。だれにも語られない穏当な生と意識不明を、鳥井の与《あずか》りしらぬどこかでおくるのかもしれない。鳥井はゆるい踊りのながれのなかで筋肉をほぐしストレッチをしながら、菅の顔をみた。やはり青い。

「なあ菅、やっぱおれ、おまえとダブルスやりたいんだよ」

菅はしずかな表情で、このスタジオの空間を破らないよう気をつけながら、「なんでだ？　なんでおれ？」ときいた。

「べつにおれうまくないし。おまえだったらもっとテクニックのある相手と組めばふつうに勝てるだろ？」

「そうかな？　ほんとにそうおもう？」

鳥井は、生まれてからもっとも素直な気もちのようになって、そうきいた。

「合宿をおもいだして。足首を腫らして最後にバックを鋭く打ったおまえ。ラケットを拾えなかったことはしらなかった。けどおれはためらわず前線にはりついてプッシュできた。あんなふうにプレーができるダブルスをつくるまでに、すごく時間がかかる」

「おまえがそんなふうに執着しているのは、おれじゃない、おまえ自身だ。おれがついていけるとおもうか？」

「おもう」

だんだん鳥井におされて、菅も最大限の素直を引きだせた。

「もし明日消えてしまっても、おれは薄くて平穏で普通な人生をおくる。おれはきめたんだ。いまを精一杯生きるだなんて、死んでいるかもしれないおれにはもう、まっぴらだ」

鳥井は黙った。

「わかった」

「菅くんも踊ってみる？」

先生がいった。踊るわけない。

「センターにキャスターつきの仕切りをおくから、お互いの姿はみえないようにする。このスタジオは鏡もないから。わたしはセンターにいて、ふたりの動きをみてるけど」

「踊ります」

菅は応えた。鳥井はそれを贖罪《しょくざい》のようなものだと捉えた。ダブルスを断ったさいごの禊《みそぎ》のようなもので、もう菅の人生に対しなにを提案することもない。

「じゃあ、菅くんは初めてだとおもうし、ちょっとリズムの助けを借りましょう。それをたよりに自由に、『踊り』じゃなくてもいい、動いてみましょう。わたしもすこし動きながら声をかけます」

スタジオのセンターに仕切りをおき、菅はズボンだけ貸し出しのスウェットに着替え、白シャツ姿のまま、ふたりはスネアドラムの微《かす》かな音を聞いた。知っているリズム……なんだろう？　かれらはおもいだせていないがこの音は「ボレロ」の、メロディー要素を抜いたものだった。スネアドラムがリードするリズムに、木管《もっかん》、金管、鍵盤《けんばん》、弦《げん》が、重なりあってリズムだけでも徐々に重層的に、立体的になる。前半から中盤の三分を任意に抜き出したもので、一方向的な昂りはあっても始まりも終わりもとくにない。だんだん二人にもおもいあたる奏《かな》でられていないメロディーがわかって、その欠片が浮かんでくる。しかしそれは記憶のなかにしかないあいまいな主題で、お互いの旋律《せんりつ》にズレが生じていた。姿がみえない状況で、鳥井はキャスターの向こうの菅が動いているのを踏《ふ》まえて、菅は先生のほんのわずかな動きがつくりだす雰囲気と空間への没入を呼び水に、すこしずつ手足を動かしてゆく。

「リズムだけだったものがじょじょに――……、想像される旋律とその誤作動、まるで技術だったものが人間性になり、人間性だったものが技術になっていくみたいにとけあって……」

菅はぎこちなくであるが、とめどのない不安、約束のない明日のひかりへの絶望を手足にふくませ、身体をひらいた。鳥井はみえないながらも空間に菅の緊張が放たれてゆくのをわかる気がする。そのようにして動く。やがてふたりは自分の動きが動きと認識されなくなって、空間に放たれ世界に集中することになった。踊りのためにつくられた音楽から、メロディーを抜いて、それでも想起《そうき》される主題とは、なんなのだろう？　踊りとは……、そのように、自分のからだを『引いていく』みたいにー……

「死後の感情に興味がいっています……死んでいるものの情感を、こえを、丁寧にすくってゆくように」

一定の速度で刻まれるリズムに、現実には打楽器と管楽器と弦のリズム的演奏が、想像ではメロディーと過去にボレロを踊ったあらゆる人間の動きが加わって……

「まるで光もない。闇もない。月もわく星もない。土もない。宇宙も空もない。歴史も法もない。すべて明け渡してしまいます」

想像であるものと現実にあるものがどんどん交替していって……

「あたりまえにあったはずのものに手を伸ばすと、いままでおさえていたもの、もうなくなったものが、なくなったからこそ、熱量になります、さいごには主題を手放してー……、獣でもない、神話でもない、暴力でもない、なにでもない荒々しさに身を委《ゆだ》ねて……昴り、じょじょにー……きりのいい、どこかで動きを止めてください」

風が止《や》み、音が止むと世界も止んで、かれらも止んだ。

このパーティー気質がとうとい

「ボーカルやってくれない？」と同級生に誘われた菅《すが》は、「やらないよ」と応《こた》えた。

「え？　ダンスボーカルだよ？」

「やらないよ」

しかしその日から数日間におよび「ダンスボーカル、とは？」と思考しつつ過ごしたあとにパソコンの画面で再生される、自動再生の連鎖でたまたま繋がった「涙の take a chance」の動画を、一晩中ながし見て落涙《らくるい》した。

この時代ならではの感動だった。

巨大な資本に支えられ「ニューヨークへ、行きたいか？」コマーシャルは採算性が高く「百万円、クイズハンター！」身体《からだ》は酷使《こくし》され「押すなよ、押すなよ」日常と化した番組もいつしか終わる「また明日も、見てくれるかな？」そうしたテレビ全盛の時代にな・み・だ・の・テイカチャンステイカチャンスと聞いていても、そのようには感動しなかった。自ら選ぶように、また選ばれるように「あなたへのおすすめ」を眺めつづける

YouTubeならではの受動的なタイミングで、「フッフッ！」と歌いながらブレイクの動きで両膝《りょうひざ》をフロアに叩きつける風見慎吾《かざみしんご》を、みじかい眠りを挟みながらも八十回、一晩で眺めつづけることになるのだった。

大きなBGMでかき消され、両膝をフロアに打ちつけたあとすぐにリズムに復帰する、その膝と床で鳴りひびく強大な音はだれも聞いていなかったが、風見慎吾じしんは聞いていた。若い肉体はそのときピークをむかえている。格闘家にもバドミントン選手にもダンサーにもなれるような才能が、芸能界でひとに愛されることに費やされ、「ぼーくぼーく笑っちゃいます……」ブレイクダンスの先駆者《せんくしゃ》としていまも尊敬されている。YouTubeのコメント欄でも、

〈2020年でも見てるひとは←〉

と書き込まれ、2020年でも風見慎吾を見ている人がグッドボタンを押す。

翌日寝不足で登校した十六歳の菅は、「風見慎吾になれるならやる」と友だちにいった。友だちは朝が弱かったので寝ぼけて「なにを？」と聞いた。

「だから……ダンスボーカル」

ダンスはまったく未経験だったが歌は比較的うまかった。歌を買われてダンス部の文化祭の出し物に誘われていたわけなのだが、けっきょくこの年の文化祭で「涙の take a chance」を披露《ひろう》したダンス部の友だちとはべつの人物と菅はユニットを組み、ずっとメジ

ャーではない状況で十三枚のCDを出すにいたり、「Mステへの階段」でも上位十組には残ったりもしたのだが地上波のテレビに出ることもなく、SNSとYouTubeの活動で稼《か》働《どう》するダンスユニットのメインボーカルとして十代二十代を過ごす、その過程ですべての友情をうしなった。

子どものころに海で溺《おぼ》れた記憶がある鳥井《とりい》はそのことをだれにもいったことはない。眠れない夜によく海の動画をみた。最初はただ波を眺めていただけだったがいつの間にかレギュラーでみる動画が水難事故の動画になっていた。「あなたへのおすすめ」にたくさんの死亡がうつっている。朝になるとすべてわすれて履歴《りれき》だけが残る。両親にも溺れたことをいったりいわれたりすることがなかったので、だれがたすけてくれていま生きているのかもわからない。

そのように水難事故動画を眺めながら寝つけずにいたある夜に、「次の動画」の連鎖《れんさ》で繋がった先で鳥井と同い年ていどのユニットが踊《おど》る「平成生まれが『涙の take a chance』」という動画がながされてい、鳥井は魅了された。いつからか水難事故の動画を見なくなっていた。

最初こそ箱推《はこお》しで楽曲派を自認していた鳥井だったが、いつの間にかバックで踊っている自分と似たような背格好のメンバーが気になりだし、個人に金を落とすということはないにせよ、肩入れし応援するようになっていた。ツボというそのメンバーは鳥井のような同性ファンも多いらしく、他のメンバーにおくられる声援の色と比してツボのコールアンドレスポンスは一部テナーの混じった返しになりがちであることはファンのあいだでも有名だ。とりたてて華《はな》のある踊りではないがリズムがよく、耳で聞いて動けるワンテンポの幅をおおきく活かして手足を目一杯につかい、時に他のメンバーにぶつかってしまうほどの無我夢中ぶりを発揮して、鳥井や他のファンの心を打った。

大学でも鳥井はそのユニットを応援していることをいわなかった。グループに一般的な知名度は皆無だったのだから、いったところで「そうなんだ」以外の返しは考えられないのだが、ゼミでいっしょになった桑野《くわの》が熱心なアイドルファンと知り、親しくなってからはつられて自身の推しを語った。

「それが、メインボーカルの名前がススガっていうんだけど、ヘンでしょ？」

「へえー、おもしろいじゃん」

「ツボっていうメンバーのダンスがかっこよくて、まあ、全然うまいとかじゃないんだけど」

「そうなんだ」

「知名度も皆無だし、知っているひとに会ったことない」

「そんなことないでしょ」

そうしてネガティブな情報をすすんで披露してしまいがちなのだった。

ゆくゆく男子二、女子四の割合で鳥井の家で推しのＤＶＤをひたすら鑑賞する会を季節の変わり目に設《もう》けることとなり、六人はそれぞれが応援するユニットについて知見《ちけん》をふかめつつ内心「うちの子がいちばん」という偏見を強化している。ジャニーズ、ハロプロ、宝塚、２・５次元ミュージカルなど回し見ているなかで、鳥井はひとしきり熱狂が去って皆がだれはじめた頃合いを見計らってスガのユニットのＤＶＤをかけた。クラウドファンディングの受注生産でゲットした、鳥井が試験終わりなどのご褒美《ほうび》タイムには必ず鑑賞している一品だった。

「へえ、このセンターのひとの歌かっこいいね」

「男からみても嫌味でない顔だちだなあ」

「でしょー」

などと応えつつ、鳥井は複雑だった。それとなくスマホを操作してＳＮＳに、

……まーたススガが邪魔

……なんでツボっちの見せ場かぶるかなあ

……自分は常に映ってるんだから、三秒ぐらい気配消してろや

……消えてろって感じ

と投稿している、そのことばに想像力など伴わないのだけど、いつだれに「消されて

も」おかしくなかった菅のほうでは辛辣《しんらつ》な意見にふれて辛い気分に落ち込んだとしても、アンチに消えてほしいなどとおもったことはなかった。画面のなかの菅がいう。

「じゃあつぎ！　おれの個人的な思い入れで悪いんだけど」

そこでファンからキャー。

ライヴの度にくり返されるお馴染《なじ》みの茶番だ。

「『涙の take a chance』！」

ススガは高校時代に同曲に衝撃を受けてダンスをはじめたと公言《こうげん》している。この曲を踊るたびにすべてをおもいだす。いつの間にか踊ることが日常となり、自分で振りつけをつくるようになっていた。そうした記憶が動きのひとつひとつにこびりついていて。歩くのもつらいぐらいフロアに両膝をぶっつけつづけて、売れる未来を夢想する。ほんらいではボーカルの節が壊れてしまいかねないほど、複雑なリズムで縦横無尽を横断する、そのアクロバティックな動線が生きることそのものだ。

「息が止まるほどに！」

フッフッ！と歌いつつ、菅の肺が酷使される。プロとして並の歌唱力しかない菅がソロでボーカルを任されているのは、肺活量が豊富でどんな体勢でも喉《のど》をふりしぼることができるせいだった。余裕と安定が菅のボーカルを支えている。肋骨《ろっこつ》をちぢめて屈んでいる姿勢でも、周囲の熱で身体が狂いリズムが走ってしまっても、疲労がおしよせて拍《はく》が細切《こまぎ》れになっていても、メロディーを途切れさせず音が声で繋がっているように聞かせる、菅の身体的な強さが楽曲を支えた。声量や声質に突出したものはなく、生得的に声に情感を込めるのが得意ではなかったからこそ音程感覚に秀《ひい》でたところがあり、平凡に歌うことでより前面にでるすぐれたピッチが、つねに正確な距離を往き来する、往き来せざるをえないスター性の乏《とぼ》しさとも関連して、言語化のむずかしい魅力を菅のボーカルに与えていた。スタッフでさえ菅のボーカルがファンにちゃんと受けているのかあまり理解していなかった。しかしきっちり踊れていて、且《か》つ歌えている。そうした才能は稀有《けう》であり、またひとりのダンスボーカルとして楽曲を支えつづけるその状況の連続が菅に自信と安定を与え、いつしか菅は孤独にフロントを独占しはじめる。

「な・み・だ・の！」

テイカチャンステイカチャンス。

鳥井は、そのような菅の能力を十全に理解しつつ、どうしても肯定できない。そのうちに桑野と付き合うことになり、この男女六人の催しは自然消滅となったわけだが、鳥井は、なんとなくツボのことを応援しつつ、じつは自分も踊りたいという欲望に気づかないままで今生《こんじょう》を終える。

じつは小学校の同級である菅と鳥井だったが、かれらはついにその事実に気づくことはなかった。アンチがゆえにススガの情報においてはファンよりも詳しい鳥井だったが、アンチがゆえに行き届かない想像力が鳥井の記憶を濁《にご》らせた。同学年であり出生地も近いことがわかっていても、小学生のときの菅くんと画面のなかで歌って踊っているススガとはまったく結びつくことはなく、むしろ鳥井に真実を与えたい記憶を抱えた身体はじくじく傷んだのだが気づかない。一度でも自分だけに向いた発声を聞いたら取り戻せるたぐいの、鳥井の若い肉体には再現の容易な記憶であったが、菅のユニットには握手会やハイタッチなどがなく、また鳥井じしんも積極的にライヴやファンミやフェスなどに参加したいタイプのファンではなく、鳥井は推しにさえべつに自分のためになにかことばをかけてほしいなどとは考えたこともない。

「小学生のころに海で溺れたことがあってー」

菅が雑誌のインタビューで応えている、実際の誌面ではカットされた会話を鳥井はもちろんしらない。

「いっしゅん、死んだかも、と家族はおもってしまったようだけど、なんか、奇跡的に助かって。でもその記憶、ないんですけどね」

その会話を、直で交わせたらふたりの身体はまた来世か前世になるのだった。この世界で鳥井は運動に目覚めることなく、ひたすら中学高校大学を文化部の幽霊としてすごし、バイトして服を買ったり、好きな音楽の動画を見てすごしている。本を読むのが嫌いではなかったので大学では日本文学を専攻し、けして熱心な学生ではなくファンにすら「オワコン」といわれはじめている菅のユニットを謎の熱量で推していたが、ススガのことはずっときらいだ。

菅は振りつけをメンバーにおろすときは鬼だった。もっとも覚えのわるいメンバーの背後にたって両手首を握りしめ、「ターン！　タテタテヨコタテぐるーんぽんぽんぐいー」と擬音《ぎおん》をつけながら、握った手首から全身を押しつ引っ張りつして無理やり振りを他人の身体に入れる、その力加減は暴力のそれだったといえる。

「膝！」

と怒鳴って、後ろから〝ヒザかっくん〟をする。

「屈んでー、胸ウェーブ、胸ウェーブ……」

おいおい、まじでススガはイヤなやつだな。菅はファンもスタッフもメンバーも離れたところではむしろ、客観的にススガのいやらしさをおもいだし他人事《ひとごと》のように嫌悪するのだが、「おぼえれた！」「ススガさんのおかげやわー。ほんまありがとう！」とそのメンバーはいっていた。マーケットとファンにエネルギーをもらい、「売れるための努力」を盾《たて》とした正当性の暴力をふるうススガを菅はきらいだ。それは「自分」だからなのかなあ……。アンチの意見を見聞きすると「自分だから自分を嫌いなんじゃない」とおもえて、自分からススガを切り離せているような幻想を抱くのだった。そのほうが心地よかった。

「おれだからおれを嫌いなんじゃない！」

桑野はずっとハロー！プロジェクトを推しつづけていたのだが、鞘師《さやし》が脱退したときに熱が醒《さ》めきってしまい解脱《げだつ》した。BABYMETALにまでついていく気合いはなく、未だにプラチナ期以降のＤＶＤを見ている。同性のスターを推しつづけている、その共通点が鳥井と桑野をしぜんにカップルにしたが、ふたりは互いの趣味を内心ではバカにしているところがあった。

「鞘師のパフォーマンスはアイドル史上最高傑作」

どうせアイドルだろう……

「多くのひとが鞘師のパフォーマンスを見て、鬱《うつ》状態を脱したとまでいわれている。まさにアイドルの鑑《かがみ》だよね」

鬱でいる自由もあるだろ……　なんでわざわざこんなくだらねぇ社会に合わせて元気でいなきゃいけないいんだよ……

「この体勢でここまで歌えるなんて、安室奈美恵《あむろなみえ》も狙《ねら》えたのに」

「体勢といえばさ、踊りながらのススガのここの音程、やばくない？」

アンチであるがゆえにススガの長所を熟知《じゅくち》している鳥井。こうして桑野と鳥井の会話はそれぞれの推しを推すことで表面上は平和的にすすんでいき、生活の時間をある程度ともにしてもストレスとはならなかった。

「大好き　大好き　大好き　大好きだから……」

テッテテッテ

「どんなどんなときも　きまってきみの味方」

愛してる……

とカラオケで桑野が歌っている。推しがいなけりゃ生きていけなかった。どんなすばらしいことも、どんな辛いことも、この世界に推しがいるからがんばれる。桑野は常々そのような主張をパラフレーズして鳥井に語るのだったが、そこまでの熱狂は鳥井にはない。どちらかというとアンチ対象に生かされている自分はなにか汚いもののようだし、そうまでして菅のユニットを追いかけている自分の気もち、自分の身体、自分の実在をうまく捉《とら》えられないまま二十歳になった。

「世界一カワイイ！」

桑野がカラオケを歌いながら消音のタブレットで流しているMV画像の鞘師を見て叫んでいる。しらふで元気なのも、ふたりが生活をともにしやすいひとつの要因ではあったが、鳥井はどのような将来においてもブラック企業に就職しアル中と鬱が交替するような身体で生きていかざるをえない。菅と鳥井が出会わないほうが、薄い人生もありえたまた、濃い人生もありえるお互いのリアリティは、無数のパラレルで分岐《ぶんき》していく。出会ってしまったほうが安定する運命のふたりだったが、出会ったことが現世的に好条件での今生となるかは、あらゆるタイミングや環境次第となる。たとえば二人組のダンスボーカルとしてデビューする世界もあったふたりだったが、それならデビューする前に合宿先の高波にさらわれてふたりとも死んだ。ふたりにとって二度目の水難でそこなわれた身体は、水の記憶を共有することもなく、さして仲もよくない状態で死んだ。とくに合宿中に仲が悪くなったので、ふたりとも水のなかで後悔していたのだ。こんなことなら、

「アイツと」

「もっと、仲良くしときゃよかったなあ」

「でも、ススガも一般的にはカワイイ顔だちなのでは？」

カラオケをつづける桑野に抗弁《こうべん》すると、「お、ススガアンチなのにどうした？」とマイクをとおした声で、たずねられる。

「や、アンチではない」

鳥井は他人にススガアンチといわれることを認めていなかった。ただ、公私ともに推しであるツボの邪魔をするなといいすぎているだけだった。

「アンチではないし、ススガは女子人気たかいだろ？」

「ブスカワだよね。ススガは。イケメンではない」

「イケメンだろ！」

なぜススガを庇《かば》っているのか。謎のアンチ精神で自分はいいが他人のディスは受け容れ

ない。

いっぽうそのころ菅は自らのユニットの晩年期を自覚し、円熟もないまま迎える限界のかなしみを噛み締めながら都内のワンルームマンションではちみつシナモンしょうが湯をのみ眠りにつく真夜中に、事務所から打診されていたユニット解散、ソロデビューの流れについて考えていた。

断る自由なんてないのだ、とっくの昔から。メンバーは皆やさしくて善い人間なので菅のことを大好きなのだが、本来であったら嫌《きら》われて然《しか》るべきことが多すぎた。これで決定的にメンバーに嫌われたほうがいい気がした。セールスが伴わないままで加齢したいま、最大限気をつかわれている事務所からの「ソロでいく?」という提案を断る言葉はどのようにに応えても、「もう人前でうたいたくない」というふうに曲解されてつたわることはわかっていた。決定的なのは、もうメンバーを伴った活動がむずかしいということのそれのみだったから、気をつかいつかわれるばかりで、真心なんてもうなにもつたわらないところにまできてしまった。セールスも人気も伴わない人間の身体にしみついたかなしみで、眠りながら泣いた。あまりにもつらいことの多い身体だった。

……　な・み・だ・の　テイカチャンステイカチャンス

意識の内奥《ないおう》はうたい、いたんだ身体でアンチのツイートを読むとどこか心が憩った。そのことをメンバーにいうと、菅の想定では「やっぱフロントマンはアンチの数からして違いますな」などという皮肉をいうべきなのだったが、「えーっ。そんなんせんほうがいいよー。よろこびに目を向けろよ」といってくれる。そのようなやさしさを、享受《きょうじゅ》するべき身体じゃないんだよ……

こうして鳥井の応援するユニットは解散し、鳥井の推しの消息はわからなくなり、萱は ソロボーカリストとして一年後に再デビューする。

萱が数年モヤモヤしつづけてきた問題は、自分以外をどう目立たせるかということだった。メンバーにひとり、この子は自分を凌駕《りょうが》しうる華があると感じる人間がいた。萱はパフォーマンス中、ある程度自由に動ける場面ではその子の傍《そば》に立つようにつとめた、その男こそが鳥井の推しである坪井《つぼい》だった。

坪井は動き自体はシャープでなく、キビキビというよりも拍の感覚をでかく捉えて、合わせるべきところだけ点でバチッと合わせるというタイプで、SNSや動画コメントなどでしばしばダンスが称賛《しょうさん》されるときの紋切《もんき》りである「キレキレ」には該当しない。むしろどこか緩《ゆる》んでいるようにも見える、背中や腕のおおきい動きが拍の外でメロディーになっており、萱の歌のモチベーションになりえた。ダンスボーカルの醍醐味《だいごみ》ともいえる、自分と他者の身体の奏《かな》でるメロディーの乖離《かいり》と同調のせめぎあい、意味の複数が響きあってよく喉がひらいた。

ボーカルに集中していると、同時にステージに配分されているメンバーの位置関係やその充実度、ステージから見た自分たちが客観的にわかる、菅の主観が客観と同体し、どちらをも兼ねるようなビジョンがとつじょとして兆《きざ》すときがある。坪井の身体で音楽よりもわずか0・000000000……秒はやく打たれている拍の感覚は、菅とバッチリ同じだった。息を声にして吐く数秒前、身体をリズムにして動く数秒前の予備動作のようなもの。他のメンバーは厳密には音が鳴ってからやや遅れて拍を刻んでいるから、坪井と菅のリズムと他のメンバーとのリズムは微妙にズレている。しかし坪井は前に出ない。

あと一歩前に出てくれれば。菅と一緒にアピールされて観客の心象もがらりと変わり、映像にもキラキラしたものが映える筈《はず》だったのに、坪井は一歩下がって菅を立てるので、ただ菅が坪井に被《かぶ》っているようになる。鳥井はいつもそれに憤慨《ふんがい》していたのだが、菅はいつもそれに落胆《らくたん》していた。

なんで前に出ない？

攻撃的に告げると、「だって、ススガさんの見せ場やけん……」という。

「おいは映らんほうがよかっと」

おい！　菅はほとんど怒り狂っている。自らのスター性を信じないでなにを信じる。もう死んでいるかもしれないんだぞ！　錯綜《さくそう》した思考に菅はなり、むりやりに肩を摑《つか》んで歌いながらコンビを踊ったりもしたが、坪井は菅のボーカルを邪魔していないかと気後《きおく》れし、その配慮のぶんの遅れは音とまったくいっしょに動くダンスになっており、所作《しょさ》が普段よりずっと小さくなった。音に忠実なダンスは見ている人間の劣情《れつじょう》をくすぐり、「応援」したくなったりはするもののなにか購買に繋がるような「ヤバさ」には発展しない。ひとは華を枯《か》らして人間性が出る。ダンスボーカルとダンスボーカルはダンスボーカルでしかなく、純然たるダンスともボーカルともまた別物で、ダンスボーカルは踊りの言語に身体を支配されながら歌の言語に器官を支配されている。歌詞は踊りとはべつのリズムを要請され、グルーヴになる。そのグルーヴに匹敵する迫力と個性が、坪井のダンスにはあると信じていた。別物だからこそ比類するなにかが、セットで見せられたら、もっと一致するグルーヴがおれたちを包んでおおきな波になるはずなんだ。

菅は歌手活動とは関係ない個人のSNSアカウントで鳥井の鍵《かぎ》アカウントをフォローしていた。ユニットのファンのふりをして自らもスズガへのアンチ行動をしのばせて仄《ほの》めかし、

……スズガさえいなければ、推しの見せ場なのにまた、これが推しの宿命、そういう星の下に生まれた子なのだろうか

という何年も変わらない鳥井のスズガアンチコメにイイネ！を押していた。自分へのディスも坪井への推しも、菅はその気もちが身に迫ってわかった。まるで、代わりに投稿し

てくれているみたいだったからその鍵をはずして、世界へその批評をひらいておくれ、と願った。

大学三年になり就職検討会に参加した折、本音では出版に関心があるけれど昨今の斜陽《しやよう》は一時的なものではない、いくら景気が回復しようと出版の構造はどうしようもなく腐敗、そして停滞を克服できないだろうと研究を尽くした鳥井はコンサル業界に狙いを定め、就職活動を開始した。早々に内定をもらってスペインへ旅行に行っているあいだに菅はススガ名義でソロデビューを果たし、いままでのように全国の実店舗での販売はなされず公式サイトのみでの扱いで売り出されたＣＤはまったく売れず、ユニットも自然消滅して推しは田舎に帰ったらしいという噂を聞いても、鳥井はなにも感じなかった。

菅は、ススガはもう限界だよなあ、と他人のこととして考えた。ファンは元よりアンチの情熱も尽きかけている。ススガはツボの邪魔をすることでもっとも輝いていたのかもしれないから、邪魔する相手もいなければ、発光の兆しもない。ワンルームマンションで寝転びながら、ほんとうは坪井とふつうの友だちになりたかった、と泣いた。けど、坪井はふつうの人間で、自分はまるで死んでいる者みたいだ。なんなのだろう？　この疎外感、そして拒絶感。ステージのうえでは感じない、しかしステージ外ではまるで世界から拒否され、苛《いじ》められているみたいな孤独を感じているのだけど、周囲は皆いい人で、ススガもたいしたスターでもあるまいし……。

「ススガさんを際立たせるんがおいっちゃけん」

「そがんしたっち目立たんばい」

だったら、ステージの外ぐらい、坪井を立ててやればよかった。自分へのアンチを推し進めるのではなく、純粋に推しを推せばよかったのではないか？　どうやったら坪井に自信をつけてやれただろう。けど、無理なのだった。菅には同業に自信を与えるのはむり。それがフロントマンということで、世界の輝きのパイを必要以上に独占したがる生態があってこそ、人間はフロントマンになりうるのだし、世界はフロントマンを選べない。

だったら、ふつうに話しかければよかったのかな？

この疎外感。幽体みたいな浮遊感。自己肯定感をファンに吸い込まれているみたいな脱《ぬ》け殻《がら》感。でもそんなんいったって……

「ススガさんはそっち側のもんやけん」

「おいはよかよか」

いまでは平易《へいい》にトレースできるようになった推しの、表舞台では発揮されなかった訛りが、菅の口をついた。「べつによか」。つまり、みんなに近づくなとそういわれていたんだ。おれは枯れかけていても華は華、その華を無神経に押しつけてくるなと、いわれていた。さびしかったよ。そうして眠り朝になると、菅はまた気を取り直してストレッチに励《はげ》み全身を伸ばす。鳥井の鍵アカウントをチェックしてもこの三ヶ月あらたな投稿はなく、かれらはお互いをほんとうに死んでしまった者かもしれないとおもう。

日帰りで都外へ出ていきＭＶの撮影をした翌日が雨で、朝起きた菅は両膝が痛くて地味に泣いた。菅は昨日撮影したあやしげな採掘場跡のある都道府県名もしらずにいた。多忙と疲労にまみれて、いま自分がいる地点の情報にすら興味がなく、観光的感受性すら失っていたのだから菅には痛みしかない。しかしあしき予感はあった。これが最後のリリースになるだろう。

それなのに、なにか自分のいままでの集大成だの、賭《か》けるような気もちなどがまったく湧いてこず、ひたすら自身の不調にかまけている。心底向いていないとおもった。メンバーもいなくて、とうぜんのように坪井もいない、そもそも誰がどこでなにをしているのかわからない、解散を発表したわけでもないのに、そのような生殺しの人間関係のさなかで、自分の身体も腐っていくようで、菅は雨の、それも降っているか降っていないか程度の気象でとみに痛む膝を撫《な》でさすり、膝の皿のまるみを摘《つま》んでは左右に揺らす、そのようなマッサージをくりかえしてなんとか気もちを奮《ふる》い起《た》たせて事務所の借りているスタジオに出かけていき、Dance Practice バージョンの動画を撮った。

氷嚢《ひょうのう》で膝を冷やしながら、いつかもこういうことがあったような気がする、たとえばデジャブのような……、予感めいた気分が手のひらのつめたさに宿った。怪我をしてだれかの背中におぶわれた、そのような心ひらけるパートナーの信頼を無下《むげ》にしてしまった、ありもしないノスタルジー、ほんとうにはない記憶が、ほんとうにある記憶を引き連れてくる。子どものころにポートボールをしていたときのこと。でたらめに投げたボールが友だちにキャッチされてゴールになると、めちゃめちゃなメッセージが整頓《せいとん》されて届いた！みたいなしずかな感動があった。強風が口と鼻の穴を繫げていっしょにしちゃう、全身が砂ぼこりにまみれてお互いの身体の境界がボヤボヤし同体しちゃう。たしかにそんな瞬間はあって、動画のなかの三十五年前の風見慎吾は、ずっと先まで残るススガの動画とおなじ形式、違う画質で残りつづけて、「あなたへのおすすめ」としてまだ生まれていない誰かの画面で繫がる。認識不可能なテクノロジーが発揮されて未来のだれかのイメージのなかで風見慎吾の三十年前といまのススガはどうじに並んで踊っている。コメントがのこる。

……ススガのほうが綺麗ではあるけど、なんか左のほうがひかれるよな

……ダンチャンから！

……両方かっこいいです

……所詮《しょせん》ぱくりだろ

……てか右知らん

……おかあさんが好きだった。わたしも好き！

あらゆる現実も記憶も妄想も過去も未来もいまの管に想像力をあたえない。身体は繫が

りすぎているとおもう。未来予知どころか、実際にはいなかった友だち、いた友だち、そのノスタルジーの虚実も判断できない。たしかなのはいまの萱に友だちなどなく、実力とは関係なくステージのフロントにいる人間にほんとうに気の置けない人間など皆無なので、たとえば萱はツーボーカルなどに憧れもしたが他のメンバーは歌が下手である以上に声に美意識が宿らなかったし、上手《うま》くはないけれど歌っているときの表情にへんな色気のあった坪井も「おいは踊りたいけんここにおるん」などといい張るあの場面にもっとも坪井の我《が》が出ていたのだから、いま考えれば親を人質にとってでも歌わせればよかったんだ。そのようなヤクザぐらい、許されてもよかっただろう、いまのこの状況を考えれば、と思い詰める萱だったが自分だっていま自分が居るこの状況を正確に理解している訳ではない。自分のいまある状況は靄《もや》がかかっているみたいにボヤボヤしているのに、みんなやさしい周囲のスタッフのだれかがなにかズルをして儲《もう》け、だれかが傷ついて死にたくなっており、だれかが妬《ねた》み嫉《そね》みを拗《こじ》らせて憎悪に身を燃やしていることだけは確実だとおもえたがそれがだれなのかは具体的にはわからない。

じつは萱は随分《ずいぶん》まえから鳥井のTwitterのパスワードを知っていて、好きにログインできる状況にあった。それぞれのアカウントどうしの交流は勿論《もちろん》のこと、鳥井のアカウントに不正ログインして鳥井に成りすましスガの悪口やツボへの推しを書き込んだこともあるが、削除されたり不信におもわれている形跡はなかった。萱もなるべく過去に鳥井がした投稿をそのままなぞるようなアンチコメ推しコメに徹《てっ》したといえ、けっきょく鳥井自身がこのアカウントに関心がなく過去の自分の投稿も読みかえしていないし、衝動的にツボへの推しとススガへのアンチが兆したときにだけひらいては吐き出してすぐ閉じてしまっていた。鍵が外されていることすら気づいていなかった。鳥井のススガアンチアカウントのパスワードは「susugashine」だったから、菅も戯れにログインを試みて何回目かの挑戦にてすんなりインできたわけなのだが、なぜ自分がこんないちアンチのアカウントに執着しているのかわからなかった。

……きょうもススガがつらい。消えてほしい

……ツボをかえしてほしい

……ススガ怪我とかしねえかな

……小指骨折とか丁度《ちようど》いいだろ

……なんて、ススガがいなけりゃ再結成もありえんのだけどね

という菅のした書き込みは鳥井本人より刺々《とげとげ》しいのだったから、鳥井のアカウントが過激になっているなと心配する古参もいたけれど、総じてフォロワーからのイイネ！は増えていた。

……あたらしいススガのＭＶみた　劣化が笑える

……膝痛そう。膝痛い。

……膝が痛い膝が
……膝

あたまに浮かぶ想念を、そのまま指にまかせて投稿する、鳥井がてきとうにつけたアカウント名 catastro_phe の Twitter に。

そうしてスマホをベッドに放り投げて、アイシングしていた氷がすっかり溶けている氷嚢を床に置き、ふたたび菅は布団にくるまって寝た。

鳥井は目覚めて、会社に出勤するべくシャワーを浴びていた。通勤の車内で読んだ自己啓発本でつかえそうなフレーズを見つけると吊革に体重を預けて瞑想《めいそう》し、自らの意識に刷り込んでいくように身体をビジネスにする。新卒で入社し一年がたった会社ではまだまだ自分のやっていることが法人という人格のなかでどのような作用を担《にな》っているのか、鳥井自身がもっともわかっていない。DM業者になげるチラシをひたすらイラストレーターでつくり、コピーやラフを上長に投げてダメ出しをくらい、営業にきた業者の話を先輩とともに聞き、「もうすこしあそこ、突っ込んで質問したほうがよかったね」などとアドバイスされ「どこ?」と思いながら「あざっす」と応える、そのような業務はあらゆる業種にも互換可能のようにおもえて、鳥井はマインドだけはビジネスマンの同年代に繫がれるようにつとめている。他業界に入社した同期との情報交換会は欠かさないし、売れているモノはそれがなぜ売れているのか分析する癖がついている。それがこじつけでしかなくても、売れているもの、ひとを惹《ひ》きつけるものに理由を与えることが好きなマーケットがそもそもあり、空想のような資本主義ロマンは廃《すた》れのないムーヴメントだから、まったくの的外れでもこじつけといたほうがよい。そして考える。いちおう五年にわたって活動をつづけることのできたススガというアーティストのしんの魅力とはなんだっただろう？

ススガが膝を悪くしているのは知っていた。よく重力のままにフロアに膝を落とすような振りをやっていたから、仕方ないことなのかもしれなかったが、鳥井はその振りに拘《こだわ》る要因なんてなにもなかったとおもっている。それがなにか、多くのひとの心をうって消費を促したりしたわけではない。でもススガが膝を酷使するとふしぎにポップがコンテンポラリーに墜落するようなイメージをもつ。消費の享楽《きょうらく》が、なぜだかきゅうに否定されるような、居心地の悪い天体にいる。酸素がない。ダンスボーカルとしても、屈んだ体勢や手を床についた状況から歌いだす振りも多く、そのほとんどはススガ自身が考えた動きだというから、ジャンルに囚われずススガはあたらしい振りつけ師ともいえた。そのルーツは昭和後期の歌謡曲でボーカルのついでのように踊られていた振りをアクロバットに展開させることだったという。

だから年嵩《としかさ》ファンがススガにはおおく、それが活動を制限することにもなったし、メンバーは必ずしもススガの思想性についていけているわけではなかった。思想があることそのものに馴染んでいなかったかもしれなかった。

鳥井はブログで考察を書く。ゆえにススガの身体は思想と乖離しており、華と思想は分断を呼んだ。ススガというダンスボーカリストと、ススガという存在は奇妙なズレをきたしている。その軋《きし》みが若くして悪くした膝の故障にあらわれていたのではないか？　膝はススガの思想と身体の臨界点だった。

などというまったくエビデンスのない考察を読んだ菅はそれが自分が半ば乗っ取っているアカウントの持ち主が書いたものとは考えもせずに、「笑わせるなあ」とおもった。やっぱり、ファンはなにもわかっていない。やっぱアンチだよ。と酒に酔って呟き、肝臓を酷使して身体を傷めることに自己陶酔的な気分になる。しかしやけにいきいきしている。この人物の考察をもっと読みたいし、なんだか生かされている感じがするなあ。ほんとうは踊りなんてぜんぜんすきではなかった。歌がすきで、しかし歌のために培《つちか》った身体が踊ることにもたまたま向いていたから踊っていただけだし、歌うためにあたらしい動きを考えつづけ、歌詞とメロディーを補完する運動や音楽が要請するながれについて考えつづけたら、選びようがなく身体がこうなっていた。

死にかた同様、生きかたも選びようがなく、どんな生存にも意識がなかった。意思の通わないまま、労働や生活がたまたまこうなっている。いまはたまたま酒に溺れている。引退したフロントマンが酒に溺れるという紋切りの自暴自棄が、心地よかった。この情緒は鳥井がベストセラーの自己啓発本を読んでいるときのそれに似ている。鳥井のスマートフ

ォンに学生時代付き合っていた桑野からのメッセージが届き、

……ひさびさ～　元気？

……こないだよっちゃんに会って、鳥井と呑まない？　みたいな話になったよ。無理なくご検討しておくれやす～

鳥井はそれでぎょっとした。桑野からのメッセージに感じた懐かしさがひらかせた昔のTwitterアカウントのフォロワーが、四千にも達していたからである。

一日じゅう家から出られない日とそうでもない日が交互になっていき、出かけられる日もじょじょに希死念慮《きしねんりよ》に支配され、ずるずると身体が重く淀《よど》んでいくのを自覚すると、これはマズイと菅は自分で判断できた。すぐにマネージャーに電話して「入院したほうがいいかも」といいだせたのは、元々人間の身体が鬱におかされたらどうなるか、どうするべきかといった系統の動画を好んで見ていたせいだった。菅は自分がいままさに入院に値する身体だと即時でわかった。

もう稼働していないタレントの、希死念慮の面倒までを見るマネージャーはユニットの元メンバーで、五人のなかでいちばん振りの覚えがわるかったあいつ。新曲の度に手首を摑み腿《もも》を蹴《け》って振りをおぼえさせていたから、格闘家の元試合相手みたいなおかしな倒錯と信頼が両者にはある。

「入院？　またまたー」

「無理め」

「いやいや、いけるやろ。やってこ。現世」

「そういうのいま無理。仕事終わったらきて。手首切るよ」

「え、お前、やめろよ。恋人かよ」

「どうなってもしらないよ」

「どうなるってんだよ。行くけど」

「くるの？　じゃあ手首切らない」

「いや、そんなんしたことないやろ」

仕事柄、まだ動かせる人間の身体ともう動かせない人間の身体は見分けがついた。菅は一発で後者にあたると見てとれた。マネージャーのまえでは比較的快活な菅だったが、歩きかたがおかしいし、すくなくともダンサーの立ちかたではなかった。

医師の診断によると、「元々は抑鬱傾向にある気質ではなく、疲労が溜まって一時的にメランコリーが蓄積されている状態」といい、「あなたのような仕事のひとに多い傾向」だという。

「パーティー気質がですか？」

「パーティー？　いや、生まじめで思い詰めやすいような感じだよ」

「……」

菅は沈黙した。いま発した「パーティー気質がですか？」はここ一ヶ月でマネージャー以外にかれが利いた口の唯一のもので、かれはそれだけで体力がゼロになったような心地がして、前頭部の重さを感じた。額《ひたい》の骨が外れて溶け落ちてきそうなだらだらした頭痛なのだった。

投薬は最小限におさえ、スマホやその他の娯楽《ごらく》を封じられると三時間以上の眠りをずっと摂れていなかった菅は眠剤で朝までねむった。それで一週間ほど養生すると、人間としてこの身体を維持するための最低の自己肯定感が戻ってき、自らがしていたことのおかしさ、おろかしさにようやく気がついた。敷地内を散歩することもできないので、ひたすら院内をウロウロしていた菅は、見舞いにきてくれるというマネージャーに「いろいろありがとう。売店でコーラを買ってきてくれるとなおうれしいのだが」とメッセージをおくり、二ヶ月ぶりぐらいの物欲にじーんと感動した。

息がとまるほどに　フッフッ
このまま朝までも　イェイイェイ
抱きしめてあげるよ　フッフッ
かさねたハートのーんっ　まーまで
とモノマネしながらコーラを持ってやってきたマネージャーは元メンバーと満遍《まんべん》なく仲

がよく、坪井とも連絡をとりあっているという。坪井は親の農家をついで芋類を生産しており、週二でダンス教室の先生もしていてしあわせだ。

面会室でコーラを飲みながら、マネージャーに「そろそろ退院したい」と告げると、「まあまあ」といわれた菅は、ふふふとわらって小さな窓からのぞく晴天を眺めた。数日前まで溺れそうだった希死念慮は、さらわれなかった波の変奏で、何度目かの死をのり越えてさえまだおれには「いま／現在」があるのですか？　踊りたかった。

「ぼくたち、五人あわせて」

「せーのっ」

「カタストロフです！」

デビューしたときのステージ上で、声をそろえたあの日のこと。記憶が数年ぶりぐらいにひかりを伴って菅の身体を覆っている。

「おまえ、なんかすごく若返った？」

マネージャーは光線で顔の半分を照らされた菅の顔を見ていった。

「これからも、精一杯力をあわせてがんばっていきますんで、皆さん、応援、よろしくお願いします！」といったときとおなじ顔になっていた菅だったが、もう五年もの歳月がたってしまっていた。

パソコンの動画をテレビに送ってながし、画面上で鞘師が歌って踊っている。当時の同級生で集まり、MVをながすと懐かしさで胸がいっぱいになった。それは、他人の身体の充実を、自分の身体のことのように願い、見えないところでもひたすら幸福でいてほしいという、あまやかな利他《りた》への憧憬《どうけい》で、そうした利他で幸福になれる自分の身体ではもうなかったから、その喪失がひたすら懐かしく桑野は感情がふくらんだ。いまは自らが所属する法人の一部として、資本を拡大することに忙しい。法人格や制度から離れ自分じしんの身体に戻る体力すら、失いかけている昨今で鳥井の部屋でアルコールに意識をさざめかせていた。他の全員も、気を失うように眠っている。やがて桑野の意識も眠りにさらわれ起きているものが自分だけになると、鳥井は寝ている者にタオルをかけながら、かつてときどき眺めていた「【閲覧注意】死亡事故」と題された波にさらわれる男の子の動画を映す。

鳥井は自分のSNSのススガアンチアカウントに、批評の鋭いつぶやきを重ねつづけ、ついには四千フォロワー獲得にまでいたった乗っとり犯は、ススガ本人だったのではないかとにらんでいた。だれにいうこともできず、共有されない推理はふくらんで、たとえば、

……他のメンバーが怪我していても、暗黙に動け、と強要するような動きをする。根が陰湿なんだよね

……あかるい性格なのに陰険なとこが共存していてしんけんに怖い

……子どものころから苛めに加担《かたん》しないけど反対もしない、みたいな態度だったしね

……他のメンバーがススガを見る目も、画面越しでもわかるぐらい不信と恐怖が浮かん

でいる

……きょうはススガがオーディションに臨んだ日。不幸のはじまりだなどは本人しかしりえない情報という以上に、被害妄想的で、鳥井じしんもひいてしまっていた。

……自分のパーティー気質に他人を巻き込むから、たちがわるいんだよな

……パーティー気質とは？

でも、証拠もなく、仮説にかかずらう情熱も根気もなく、鳥井は速《すみ》やかにパスワードを変更し、以来二ヶ月のあいだあたらしい投稿はない。

ススガの昔の動画をクリックしてひらく。

「それでは聞いてくださいっ」

わかっていた。ただ歌がすきなだけな若者が、波にのまれるように資本や他人の生活を背負って身体を酷使しているだけだって。そのかがやきが、やさしさが、オープンマインドが鳥井の嫉妬《しっと》をかりたてた。そんなこと願ってもいないのに、そこにいるのは自分でもよかったと、なぜか意識せずとも考えてしまい。

身体を交換してあげられる用意も蓄積もないというのに、交換できたらなんて傲慢を、画面の向こうのスターに感じてしまっていた。

な・み・だ・の

テイカチャンス　テイカチャンス

口ずさむ。そのころ、退院した菅が鳥井に変更されたパスワード「susugagomen」にたどりつき、アカウントを削除する。そのことに鳥井はずっと気づかないまま、画面の菅といっしょにずっとメロディーを口ずさむ。

ホモソーシャル・クラッカーを鳴らせよ

最初にノルマがあった。新卒で入社した会社は経営破綻《はたん》でつぶれ、菅《すが》と鳥井《とりい》は再就職の道をさがす。就職活動のときはしりあっていなかったふたりだったので、大学もちがえばペーパーテストの出来もコミュニケーション能力にも乖離《かいり》があり、実際には共通点のすくない就職活動だったのだが、再就職の情報をともに交換するにあたりふたりの記憶はなぜか共通のOB訪問、共通のインターン、共通の圧迫面接のような、あいまいな認識をともにするようになっていた。鳥井は二社目、菅は三十五社目の挑戦で新卒採用にこぎつけたその会社は離職率の高いベンチャー出版社で、商業出版より主に自費出版とその広告で資本を生み出しては費やし、ふつうの出版社の自転車操業とはまたひとあじ違った売掛金を積み上げる、祝日の休めないブラック企業だった。虚栄心ばかりの役員が借りた赤坂の二十七階のオフィスはなぜかつねに暗黒がかっていて、東京がねずみ色に輝いてタクシーのブレーキランプが木の幹のような色で点滅した。

ふたりは一応本がすきだったのだが、なにかをすきだということは現在社会において仕事のモチベーションになることはすくなく、というより人間関係を円滑にすすめることにおいて商材をすきであることは邪魔でさえあって、拘《こだわ》りによって疲弊《ひへい》し退職していく諸先輩方を見送るごとに菅と鳥井は自分たちが本を好きすぎてはいないことがわかった。会社が潰れるまで真摯《しんし》に働けてしまったふたりは再就職活動をはじめて九ヶ月後、ある出版営業代行の会社に採用された。

面接にいったのは菅だった。自己紹介のような会話のあとにはこれといった質問もなされないまま、「だれか周辺に営業やりたいひととかいないかなあ?」と雑談のなかでそれとなくきかれたときに、菅はピン!ときた。この会社もあぶない、これはじぶんにとって就職採用面接などではなく、ここできっぱり採用を断るか鳥井を誘うかの二択なのだと考え、後者を選んだ。鳥井はその話をうけて、断るべき、ぜったいに断るべきと考えたのだが、よくある抑鬱《よくうつ》状況に陥った夕方にぼんやりと元荒川を眺めて、夏も迫ろうとしているいまそこにうっそうとしげる草花が川を覆い隠さんとする勢いで生長し、スマートフォンで半年前に撮影した景色では草花の気配はいっさいなく川原のミルクティー色の砂が剝《む》き出しの光景がうつっている、そのふたつの景色を見比べているあいだにふと、「もうこの先われわれを正社員待遇でやとう会社なんてあらわれないのでは?」という思考に陥《おちい》り、「そもそも自分たちに選択の余地などあっただろうか? ない余地で悩むぐらいならなにも考えないべきではないだろうか?」とおもい、すぐに菅のSMSに「うける」と打ち込んだ。画面は、「……が……で……といっていて、……だし……なのだけど一応……」「おまえもうけない？」という数日前のままになっていたので、「うける」という返事だけで文脈がつうじるようになっていたのも、長い文章をつくるエネルギーのなかった鳥井には好都合だった。そうして菅と鳥井は二十五歳にしてふたつめの会社に就職した。

あたらしい会社の営業部には男性しかいなかった。上司の上司、つまり執行部役員だけが女性で、そこはもう出版部門ですらなかった。われわれは男性どうしの陰湿な暴力や苛《いじ》めをおこなった。仕事を理不尽におしつけたり、無視したり、鳥井にだけお菓子をあげなかったりしたが、われわれにはそれぞれそうする正当な理由があった。われわれは褒《ほ》められたかったし、出世したかった。出世というか権力にそれとしらないまま塗《まみ》れてよごれてみたかった。入社すぐのころに取引先から戻る電車のなかで上司にゴールドカードをみせられて、「すごいっすね！」と菅がいうと同行していたべつの上司が「ブラックカードってしってる？　しらないの？」といい、「しらなかったです」と菅がいうと鳥井は嘘《うそ》だろ?とおもっていた。冗談のようなやりとりが目の前でくりひろげられているが、だれも笑っていない。鳥井はちゃんとしたタイミングで「すごいですね」ということができなかったのであとで「お客さんより先にエレベーターのボタンを押すんだよ」と叱られ、じっさいにはエレベーターのボタンによりちかかったのは菅だったのだが鳥井が「すみません」というと、「菅くんにはまだ、わからないかもしれないから、鳥井くんにいったんだよ」などといわれた。二十五の男がそんなことをわからないわけはないのだが、上司というのは例外なくことばが通じなかった。鳥井は「鳥井くんはむずかしい」と陰でいわれることがおおかったし、それをしっていた。べつの上司は「鳥井くんはやればできる子だから！」といいフォローしてきたが、そもそもなぜわれわれは後輩や同僚のことを「くんづけ」で呼んでいるのだろう？　だれが「くん」でだれが「さん」なのだろう？　年齢があきらかではない場面ではどう対応しているのだろう？　ちなみに菅は「スガッチ」と呼ばれている。

菅はフェアなあかるさをもっているので執行部役員どころか今までであった多くの女性に好感をもたれており、「スガッチはやさしいけどオスを感じない」という性暴力まがいのあつかいまでよくうけており、それなのに高確率でそのようにいわれた女性と付き合ったりしていた。われわれは菅のことをすきなふりをしていたが二十代の新入社員から七十代の経理まであらゆるわれわれが菅のことをきらっていた。そのような職場で三十五歳になった。鳥井は菅のことを、けっきょく「受け容れて」しまうんだな……とおもうことが、とくに二十代後半からぐんと多くなった。「なにを？」「すべてを」。鳥井の痺《しび》れた脳で地に落ちた自己肯定感が、思考を疎外して意思がない。菅と鳥井はもう業務以外では口も利《き》いていない。

ふたりは小学校の同級生で、お互いに海で溺《おぼ》れて死にそうになったことがある。しかし子どものころの記憶をたしかめあうなどふたりには贅沢すぎる娯楽《ごらく》だった。同窓会に待ち合わせてふたりで参戦するなどのベタつきをしめしておいて、過去のことなんていっさいたしかめ合わない。思い出は高価な嗜好品《しこうひん》だ。再会した同級生たちは、ダンスを習っていたり、ランニングをしていたり、趣味で演技を学んで映画を撮っていたり、バドミントンサークルに週五で通っていたり、ボルダリングをしていたり、ジムでバイクを五時間漕《こ》いでいたり、英語圏文学を読むために翻訳を独学で学んでいたり、子どもを巨大アスレチックに連れていったり、ファッションに目覚めてセレクトショップを回っては月に一度の購入を楽しんだり、アイドルに嵌《は》まって推《お》しを推していたり、恋愛をして結婚をしていたりする。

三十歳のころに同席した小学校の同窓会で菅と鳥井は、すでにろくな口も利いていなかったというのにお互いを生涯の親友だと認定しあうに至った。おなじ会社の営業職としてはたらいているわれわれには「こうだったかもしれない人生」がない。それがこの世界でサラリーマンであり、抑鬱症状をかかえたまま週五ではたらくということであり、同級生たちが趣味に仕事に家庭にと充実している席でかれらは風景すらたのしむこともできずに酒をのんで、ひたすら時間の感覚を麻痺《まひ》させることが幸福なのだった。菅と鳥井はわかる。「やっぱこの社会で人生は無理だな」と理解して布団にもどるあまやかさを、「おもしろい！」が夢に繋がってなされる搾取《さくしゅ》から抜け出したあとの快適な生活を、「お前こそがおれの親友」と負の部分だけを相手に負わせる怠惰《たいだ》な間主観性を。

身体《からだ》より先に脳がつかれるふたりには、映画の話をしていればハッピーという目の前の男性ふたりが繰り広げる比較的幸福な日常会話すらわからなかった。互いの趣味をおしつけあうようでもなく、「おもしろかったものどもの土産話」を持参している。相槌《あいづち》のついでみたいに映画男子のひとりである桑野が「菅は……なにしてんの？」と聞くと、菅は持ち前のパーティー気質で「仕事ばっかり～」といって笑うのだった。

「なんかハマってるアイドルとか、スポーツとかないの？」

すると、菅の瞳が表情をうしなわずむしろキラキラしていくのに反して、相槌や鼻息といった些細《ささい》な徴候《ちょうこう》にいたるまでまったく応答らしきものがみられなかったのは異常だった。

「そっか～。菅は真面目だもんな、まえから」

「そんなことないない。鳥井もいっしょの会社」

真面目というお馴染《なじ》みの賛辞に反応して菅が日常会話に復帰すると、対面のふたりは同じように目を剝いて「うそ！　おなじ会社なの？」とおどろいた。そこからは会話の主導権があらたなペアに移る。しぜんに菅と桑野が黙り、鳥井と坪井が会話をはじめるのだった。

「ほんとだよ。しかも二社目」

「二社目って？」

「前の会社もおなじとこで、そこが潰れて、で転職先もいっしょ」

そして菅は、「おれが鳥井を誘ったんだけど」という。その声にふくまれる人生のヤバさそのものに、鳥井はもうウンザリの二周目、生まれ変わってまでもこの茶番劇？というくらいの加齢感、疲労感をおぼえる。

「べつに大学がいっしょってわけでもないのに、おもしろいだろ？」

鳥井がいうと、坪井と桑野は声をそろえて「おもしろい」といった。


前職でのふたりは協力体制をしき、こまやかな情報交換やいきすぎない愚痴《ぐち》、お互いの至らない業務における客観的補佐などがうまく機能して名コンビとしておなじプロジェクトを任されたりもしたのだが、転職先ではそれがまったくうまくいかなかった。ふたりがお互いを補佐をすると、われわれがいい顔をしないのは、なぜだっただろう？　加齢した鳥井や菅をふくめたわれわれは、誰かが誰かの足を引っ張るのを喜び、誰かが誰かと支えあうことに不愉快をおぼえた。口ではいつの日も逆のことをいった。

「とにかく部員同士支えあって、忌憚《きたん》なく意見をいいあって乗りきりましょう！」

鳥井が菅のことを「なんかパーティー気質だな」と理解するにいたった出来事は些末《さまつ》だった。拡販用の手作りパネルを郵送する際などに手書きの手紙を同封しており、そもそもたんねんにボールペンで文字を書く、その無為《むい》な手間暇も理解しがたいものだったのだが、その手紙に菅はイラストまで描き添えていた。たまたま覗きこみ、ぎょっとした若き日の鳥井は、「それ、なに?」ときいた。

「手紙だけど」

「じゃなくて、そのいまかいてる、三角形みたいなの」

菅はボールペンのつたない線をかさねて、構成する線の若干曲がった三角形と、暖色の色あいを斜線で表現し、頂点からなんらかの髭が生えているようなイラストを描いていた。よく見るとイラストのしたにアルファベットで「TAKENOKO」と書いてあったので、菅の返事を聞くまえに鳥井は答えがわかった。しかし菅は「筍《たけのこ》だけど」と応《こた》えた。

「なんで筍描いてるの?」

「それは、旬だからだけど?」

筍の旬は春とされる。たしかにスーパーではそのふくよかな曲線と暖色で売場の画角《がかく》を滲ませるような、季節の野菜としての筍を目にしていたが菅は絵が上手《うま》いというわけではなく、その三角形はすぐにはスーパーで目にした旬野菜と直結しない。ようするにきょうびビジネス文書をわざわざ手書きしたうえ、イラストを添えるその性格はパーティー気質に違いなく、それはべつに菅がパーティー好きというわけではなく、多人数での飲食は気を遣うからたのしめないのでむしろパーティーは苦手、気質の根そのものがパーティーなのであって菅じしんがパーティーであり、実際のパーティーは必要なく毎日がパーティーだった。そのパーティー気質は余計な仕事を呼んだ。

われわれは菅のパーティー気質に目をつけてなにかと話しかけ「さすがですね」をいわせたり、すべての文脈が自分におかれた話を聞き尽くしたあとで質問まで要求され説明しよう！の無限を受けとめる、そうした需要に菅はいちいち応えた。ようするに菅はクラッカーを鳴らしつづけて「パーティー！」を強要されつづけ、心のクラッカーが目減りしていった状態で地味なパーティーを毎日維持せねばならず、それはわれわれを気分よくさせたが同時に疲れと苛だちをも与え、とくに鳥井は「おまえのパーティーのせいでこっちもパーティーにしなきゃならないだろう」と憤った。だれかが社長に凝ったお茶をいれたら皆がお茶を工夫しなければならない。お酌の奪い合いでビールのラベルは毎回ふやけきっていた。こまかい取引先を「足で稼ぐ」ことを強いられ、伸び悩む受注金額を眺めながら時代錯誤のアドヴァイスをうけ、その助言を実行にうつさなかったばあいは復讐《ふくしゅう》をうけた。復讐の多くは陰口だったがわれわれは自分たちがしているのが陰口だとはおもわなかった。ただ「スガッチのためをおもって」いう意見交換のようなものだと認識しているようだったが、そもそもわれわれにあるのは自己愛であって自我ではなかったから、そうした意見には論理の欠片《かけら》もなかった。だから議論はわれわれに役だたないどころか、むしろ業務を妨げる要因でしかなかったのだが、われわれはよく議論をした。鳥井と菅のふたりも、ふたりであるときはよくわれわれのしている業務の無駄、われわれの陰湿さ、われわれの嫉《しっ》妬《と》、われわれのゴシップについて話し合ったのだが、まったく無駄だった。われわれは菅の「至らない点」を鳥井に、鳥井の「至らない点」を菅にいいあっていたが、その批評にまったく頷《うなず》けないからこそ、ふたりは陰で自分もそうした的外れな批評にさらされていることがわかっていつだって陰口がおそろしかった。

しいんとしずまった社内。われわれはそれぞれの「やってる感」をPRすべくほかの上司や新入社員たちを威圧《いあつ》した。新入社員たちはどんどんあらわれては消えていった。菅と鳥井は消えていけなかった時点で自らのなかに含む暴力性に目を向けざるをえない。女性は一瞬で辞めていった。パソコンのエンターキーをたからかに打ちならしては「うーん……」「よし」「フムウ」「マズイなあ……」などと独言《ひとりご》ちている、そのひとりひとりのやってる感がオーケストラめいた圧を醸《かも》し出した挙句、電話がかかってくるとそのしずけさに驚くことになる。全員が全員仕事などしておらず、ただ虚栄心を満たすための材料を自分に、法人に、国家構造に求めつづけているだけだったので、全員が全員の話に聞き耳をたてていた。そしてだれかがなにかうっかりしたことを漏らした場合、すぐさまそのだれかがいないときにわれわれは陰口をいった。それはいう側においてはあくまでアットホームな雑談だったのだが、当人がきいていたら顔を真赤にして「恥」そのものの身体となってしまうようなひどいゴシップだった。

「恥《は》ずかしがることないですよ」

もし本人に聞かれても、そのように苦笑いを強要されて終わる。それはワイドショーで話されるほど理解しやすい下品さではなかったから、われわれはあくまでも互いの個性を尊重した平和的集団であるつもりだった。ちょっとおしゃれな筆記用具をつかっていると褒めている体裁で揶揄《やゆ》され、電話対応に人間味を出すと数週間後に嘲笑《ちようしよう》され、営業成績が突出すると褒められるがべつのことで貶《けな》され、成績が下降すると人生相談に擬態《ぎたい》したマウンティングにさらされ、冴えたアイディアやデザインセンスには必ず好みの観点から水を差され、語彙《ごい》にまでしっかり思考をめぐらせたロジックは何十年も更新されていない懐古的正論で打ち砕かれた。

われわれは根本的には悪気はなく、ときどき会うぶんにはむしろいいひとである印象をあたえるので営業にはむいていた。そうしたことには警戒したほうがよい。どんどん自分たちに似ているものを取り込んだ自己愛の凝《こ》り固まった世界で他を疎外する快楽は、われわれがこの会社にいるたった数十年のことだけではなく、われわれが施してきた加害のこもった実績を伴うものだったから理屈なく身体は怯《ひる》んで自律神経がズタズタになった。われわれは暴力を批判することは得意だったが、批判そのもののパフォーマンスと政治性も大すきだったので中身はなんでもよく、結果われわれの維持に都合のいいロジックを採りつづけることになり、その快楽のためには加害も被害も厭《いと》わなかった。

組織は個人の肥大したプライドに対しなにも抗《こう》する術《すべ》がなく、やがてそれらは癒着《ゆちゃく》して巨大化し、そうして自己愛ばかりの自我なき男性性が、自分たちを正当化する度に既存の制度が、構造が強化されていくのだった。菅はもう筍を描かないし、後輩のパーティー気質を見つけたらこれ幸いと復讐のパーティーをはじめる。

鳥井はひとり暮らしを経験したあとで三十歳のころに実家に戻った。取引先にベストセラーがでてボーナスがある期もありわれわれは「残業もない、休日出勤もない、ボーナスはある」この会社ではたらく社員はいかに恵まれているかを週一回のペースで話していたが、実際に確認すると年収は五年前より四十万ほど減っていた。母親はひとりぐらしのペースが乱れて迷惑そうにしていた。むかしこの家に菅が遊びにきていたような記憶が鳥井にはあった。それは菅ではなくアルバイト時代の友だちで、おなじように根がパーティー気質だったから菅と間違えて記憶していただけなのだが、鳥井はその間違いを認識しながら記憶をただす気力もなく実際にはない回想を繰り返した。休日に気力がわかずひたすらベッドに仰向けになったまま手を上にあげ、中空でぶらぶらさせるその動きのついでにおもいついたように窓をあけるも、期待されたようなひんやりした空気はやってこず、猫がバタバタと駆け寄ってきて鳥井の腹を踏み越え窓枠の狭いスペースに香箱座《こうばこずわ》りした。家猫のせいかすごく外の世界に関心があるようだったが、ドアやベランダをあけてやっても一瞬興奮して外にでるだけですぐに手持ちぶさたのような顔をして戻ってくる。
外のたのしみかたをしらないのかな……
つかれているとスマートフォンでえんえんSNSをみてしまう。鳥井と菅はそれぞれふたつずつの鍵《かぎ》アカウントをもっており、その片方をお互いしっていてフォローしていたが、鳥井は菅のそのアカウントもミュートにしていた。しかし熱心に相手のツイートを眺めてしまうのは鳥井のほうで、わざわざ相手のホームにまでおとずれて菅のただ、
……二時間しか寝られなかった
……肉を食うぞ！
……散歩したいが出かけるのめんどい
というだけのツイートを眺めにいってしまうのだった。それで鳥井も夕方になってようやく散歩でもしようという気分になり、散歩といっても自転車をはしらせ書店やコンビニをはしごするだけなのだが、23区内でひとり暮らししていたときは「気分転換に」わざわざ散歩していた。こうして通勤に乗り換え二度、片道トータルで七十分かかる郊外にもどってきたあとでは、わざわざ近所をあるいたりしない。都会では自転車がめんどうだったが、郊外では徒歩がめんどうだった。
地元にはいまどき珍しい開かずの踏みきりがあり、東武スカイツリーラインが新方川と交差する小高い踏み切りで目をとじて草と川で濁《にご》ったような風を嗅《か》いでいると、三十歳を

越えて「結婚ははやいほうがいいぞ」といわれる回数はだんだん増えていき、性欲の減退をそれとなく自覚したあとで、物欲のあらかたもいつのまにか失せ、それは貧困のせいではなくただ欲望そのものが全体的になんとなくなくなっていて、そもそも好奇心が根こそぎなくなっていて、もう鳥井は自分のことを若いともおもわず、ひたすら人生がながい、先がながい、もう五十歳のような気分だが上司がいうには社会的に「ちゃんとしてない」、ようするに婚姻制度や家父長制度の恩恵をうけずにいるのでひどく子どもっぽいような自己認識をもてあましていた。猫の香箱座り、母親のマイペース、菅のパーティー気質、目をとじてとりとめのない瞑想に疲労を休め、さっきまで考えていたことがしぜん整理されていくにつれ、SNSではあんなに善い世界にむけての議論が尽くされ、鳥井も自分よりわかいひとはせめてそういうこと、つまりいまの世界が「比較的マシな世界」などではいつの日もなく、世界はただ世界であるということを享受《きょうじゅ》してこの世界への不満足を我慢せずいてほしいとおもっていたが、おおくの中小企業的価値観においてそんな願いはあまりにもむなしく、「おまえたちは恵まれている」と日々思い込まされている。恵まれていようがいまいが、じっさいどういう状況で自分のおかれている環境をどう捉《とら》えようと、それはわれわれの勝手なのでべつにいいのだが恵まれていることを強要するのはひどい暴力だ。そういうことを、うまくつたえたいのだが言語化できず、なぜなら自らもその恵まれの強要に荷担《かたん》してるのは明白で、言語化したところでその欺瞞《ぎまん》が自分の身体にふりそそいでうつうつとしてしまうのは明白で、そこを相対化してでも考える覚悟がないことがわかってきてつらい。それでもなにかを……そこで錆《さ》びついた自転車のベルがひびき、踏み切りがひらいたことを気づかずにいたことに慌てて足でつよくアスファルトを蹴《け》り、ペダルに体重をかけて踏み切りをのぼってゆくのだが、頂点でふりむくとかれのうしろに十台以上もの自転車がつづいており、踏み切りを抜けたあとのきゅうなくだりをブレーキをふまず駆けおりると、中学生のころはじめてCDをかったショップがつぶれたあとになにもできていない空間をみて鳥井はやっと、会社いきたくないなあ、とおもうのだった。

「けっきょく、男が会社を、社会を、支えなきゃいけないのは事実ですからね」

というのを片耳できいていた鳥井は、きのうの休日に眺めたつぶれたCDショップの空地を回想し、とくに脈絡《みゃくらく》もなくすでに外回りに出ていて不在だった菅の将来についてボヤボヤ考えた。

「けっきょく産休、育休といったって、時短で解決できたとしても」

「お互い不満をためちゃって」

「我慢するのは働いている側になっちゃうし」

「みんな口にはださないけどねえ。大人だから」

鳥井は偽りの同意タイミングに苦心する一方で、自社に女性社員が定着しないことをまるでわれわれに責任のないようにいう、おなじみの雑談が何十年も変わらず化石みたいになっているのにいつでもあたらしいわれわれの意見みたいにいう形骸《けいがい》がいまだに自分たちにとってはみずみずしい、ということに驚きつづけていた。あらゆるビジネスのメディア戦略において価値観の変遷はあきらかにわれわれの周囲を取り囲んでいるというのに、われわれは頑《かたく》なになにかを変えようとしない。

たとえば中高時代の部活関係とか、たとえば高校時代の受験戦争とか、たとえば青春時代の異性愛とか、われわれの精神を巣食うマゾヒズムの、裏切りの、嫉妬の世界。既存のシステムに食い込んでのしあがっていく、選ばれる側から選ぶ側に回り、自分に似た者をたてていく。仲間をたてて友達をたててそれ以外をさげていく。菅は一時期、「そういうの、おれ苦手っていうか……」といっていた期間がある。

「そういうのって？」

「そういう、噂《うわさ》とか」

「噂って」

「ここにいない人のこととかを、その、なんていうんでしょう」

「いや、いまは立花《たちばな》さんが覇気《はき》がないから、なんか要因があったら上司として、取り除いてあげたいな、っていう話し合いを」

「話し合いですか？」

「みんなでなんとか協力して、サポートできるところはしないといけないけど、立花さんももう、子どもじゃないんだし、自己管理できるならそれはそれでいいんだけど……」

　そこでわれわれと菅の会話は別の話題にまぎれて途切れた。まだ若かった鳥井は菅を応援したかったが、鳥井が菅の擁護《ようご》に回るとただ「そっち側の意見」として処理されてますます問題は拗《こじ》れ、話し合いは長引き、感情は昂《たかぶ》り、怒鳴りあいまではいかないまでも、それにちかしい声量で意見をぶつけ合い、なにも進展しない、そんな場面がふえていた。だれかが孤立しているときはとりあえず忘れ去られるまでは孤立させておかなければわれわれは議論に酔い、権力に酔って自分に酔う。あるときに気がついたのだが、われわれが議論しているのは実際に会議などで話し合われている議題、男性育休の取得や有給申請方法の改善や社員どうしの机をすこし離すという実務的なものではなく（そのひとつとして業務形態は改善しなかった）、もっとべつの、国会やワイドショーで話されているようなゴシップにちかい政治的な論点で揉《も》めており、天気のはなしから相槌の隅から隅まで政治的すぎていた。そのうえでさらに政治の話をする、その言語の二重性に気づくことなく発話のすべてが強権の行使でしかない、そうした状況で菅はある日からなにもいわなくなり、「そうですね」「仰《おつしや》るとおりです」「いま○○さんがいっていたとおり、——」というような反復しか行わなくなった。いくつかの現場で気に入られヘッドハンティングのような誘いをうけたりもしているのだから、菅はさっさとこの職場を離れればよかったのにいつまでもそうしないでいるから自分みたいになってしまったな、と鳥井はおもった。

ある日のサイゼリアでワインを三本あけながら、「おれはもう、やめる気力すらなくなってしまったんだよお。だから、お前だけでもさっさと転職してくれ」と泣いて、服薬とうつ症状を告白したのだが、菅は「つらいのはみんないっしょだぞ」といった。

いっしょなのか？

いっしょじゃない。

鳥井の涙は乾き、「ちょっとトイレにいってくる」といってまだミュートにしていなかった菅の鍵アカウントをミュートにしたのだった。それからほとんど会話していない。電車のなかで眠ることもできなくなって、交感神経は冴《さ》え果てているのにただ思考はぐるぐるとから回って、鳥井はひたすらTwitterのＴＬから目が離せない。自分の味方となる言説に心から慰《なぐさ》められ、それでももっとハードにブラックでハラスメントな現実にくるしむこの世界のだれかの声、そして貧困に胸を占める空間がぎゅっと潰されたような息ぐるしさをおぼえるが、想像力はとっくについえていたのでただただ鳥井は会社にいたくない、とだけ考えてスマートフォンから目を離せないでいる。


業務提携している出版社がはじめて絵本を出すということで初校のデータを請求し、印刷して営業用の簡易製本を作成しているときに鳥井は、なにやら社内の雰囲気がソワソワしていることに気がついた。

経験上、こういうときはなにか社員が問題行動を起こし、そのことを公《おおやけ》には話さず監視しているようなことが多いので、だれかが飲み会の席で気が利かず上司の不興をかっているとか、だれかがだれかを無視していてそのことが起因し業務に問題をきたしているとか、労働環境に苦言を呈《てい》しただれかがわれわれに悪口をいわれているとか、働き方が独特なわれわれのうちのだれかを上司が呼び出して口頭注意をあたえるとか、そうした会社組織では日常的に起きているかもしれない普通のことがこの会社では一大事だった。ようするに陰口で意思疎通《そつう》をとってからでないと、われわれはなにひとつ行動を起こせないのだった。鳥井は自分のことをいわれているのではないかとものすごくビクビクしてしまい、営業というのは性質上賃金の発生すべき働きとそうでない働きが移動時間や会社外での動線効率などに起因して判断しづらく、そういう意味ではだれしもがサボっており、ノルマの達成率以外に肯定感をえるのはむずかしく、鳥井はそれにしてもこのところ著しく社外でサボっていたので、ハラハラして自律神経系がきゅうにおかしくなり、大量に発汗しトイレで嘔吐《おうと》した。そして胃が空っぽになるとはたと気づいたのだった。菅がもう三日出社していないことに。

トイレを出て非常階段から空を眺め、雨がふっていないことを確認して会社をでた。曇天が頭痛をもたらし、鳥井は駅までの道をひどく緩慢《かんまん》な足どりで辿りながら、菅がクビだということについておもいをはせた。クビというか、自主退職というかたちらしかった。この時点の鳥井はなぜ菅がなにもいわず会社を止めたのかわからなかったのだが、じつは菅は業務時間内にパチンコをしており、営業成績の急低下に不審を抱いた上司たちの何人かが協同して社長に相談し調査会社を頼ったことでそれは発覚した。菅はパチンコ屋から直帰の電話をし、そのまま閉店まで店にいることを繰り返したが、日の収支としてはつねにプラスマイナス一万円以下で、ようするに依存症らしかった。依存なら治療行為で対処するしかないものを、上司たちはこのあと何十年も菅の行為をとある営業部員の重大な業務怠慢《たいまん》として語り継ぐ。ときにはその時代の営業部員を監視する体面として、ときにはわれわれがいかに勤勉かをアピールする口実として、ときには単なるゴシップとして。陰湿な世間話はそこにいるだれしもがそれに与《くみ》しないでいることができず、経済活動に参加している以上そこから完全に距離をとることはありえず、荷担における濃度の差でしかない。下世話《げせわ》な志向にはそこから距離をおくしか方策がなく、その場から消えることはどうしてもできないはずだったのに菅は消えた。デスクを整理せずに会社を去った菅の私物を届けがてら鳥井は菅宅を訪問することになるのだが、そのためにはだいぶ菅の悪口をいわなければいけなかった。

「しょうもないですよね」

「私物も片づけず、けじめというものが」

「ほんと仕方なく、自分が届けますけど」

「友人としても同僚としても、ちょっとなー……と」

「ようするに子どもっぽいままでしたよね、何年たっても」

こうした悪口はすべて自分のことだったし、毎日毎日釈明のように菅の悪口をいわないと、われわれは鳥井も菅のように会社に損害を与える存在とそうとしらないまま思いこむし、私物を届けるという親切をそのまま会社への裏切りとみなしてしまうのだった。

段ボールにほんのすこしの文房具と、ファイルホルダーと、賞味期限の過ぎていない菓子類と、菅が机でそだてていたちいさな多肉植物と、スライムかなにかをメインにした食《しょく》玩《がん》のたぐいをつめこんで菅宅に運ぶ。菅の最寄り駅にたったのは、現会社に入社直後、飲み会のあとで終電を逃し無理やり朝までのんでいたあのころ以来で、鳥井はなぜだか涙ぐんでしまい、リュックを背負い両手が段ボールでふさがっている状態で目の皮膚《ひふ》と眼球のあいだのスペースに均等に涙をたたえ、まばたきをくりかえしてなんとか落涙《らくるい》を避けたが、自分が直面する感情になんの感想もわかなかった。

菅は退職と同時にパチンコをやめられたが、「ほんとうはギャンブル依存症の自助グループに参加しようとしていたところだった。もう駅前とかにパチンコ屋があるところには住まない」といい、引越しの準備で忙しいようだった。だから鳥井がノンアポで家に来たのはたいへん迷惑だったし、はやく帰ってほしかったのだが寛《くつろ》いでいる。段ボールの山にかこまれ、持参したボトルコーヒーをチビチビのんでいる。

窓からおおきな木がみえた。欅《けやき》だという。葉がちいさくてみっしりとかたまって生えており、その塊が風でチラチラうごくごとにひとつずつの輪郭が太陽光になった。

菅は会社のわれわれの口にする揶揄のようなものがほんとうにいやだった。ある時期までは真剣にノルマを追い、達成率をつねに上回ることのできる優秀で安定的な身体の営業部員だったのだが、「菅くんて、すこし前に演劇やってたんだって?」「すごいねえ。かっこいいねえ」「でも食べていけないですもんねえ」「そこがねえ」「でも演劇で経験したことが、いまの菅くんを支えているんでしょう」。

「ええ、まあ……」

そうした会話が長年、まったくおなじように繰り返されると、コミュニケーションがぼわぼわと固まっていき、それがある時間のイメージを菅に呼びさまし、十年という社歴が重くからだにこもっていき、それがオフィスにおいて空間化した。それは揶揄の空間だったとおもう。それが耐えられなくなり、内実のない直行や直帰をくりかえす時期、虚偽の営業成績を報告する時期を経て、さいごには完全に午前中に会社を出てパチンコ屋にいき、パチンコ屋から会社にもどり、最低限の事務作業だけをこなし、いっさいの「仕事やってます感」を発さなくなったあたりで会社は調査員を雇っていた。

鳥井と菅はそういったことすら会話することなく、ひたすら黙って時をすごした。引越し状況にある部屋は通常では許容されないぐらいの沈黙をふたりにゆるし、限定された無言状況で鳥井はなにも考えていない。

　菅はひたすら「はやくかえれ」とおもっていたが、それをつたえる術がわからずなにか話そうと試みるごとに鳥井の帰宅が先伸ばしされる気がしてしまい、ひたすら黙って手を動かした。捨ててほしかった私物を持ってきてくれた感謝はなかった。そのようにして二時間ほど沈黙したあげく、鳥井が、

「時間てさあ……」

　といい、「うん」と先をうながしたのに長らく黙ったままでいたので、菅はイライラした。

「時間が、なんなの？」

「いやいや、そうじゃなくて、けっきょく食欲のことなんだけど」

「食欲？　食欲がなに？」

「欲ってさあ」

「は？」

「うーん、まあ、いいんだけど」

「よくないけど、まあ、あっそう」

「いやいや、そうじゃなくて、やっぱ余裕が大事なんだけど」

「余裕？」

「……」

「……」

「……。ていうか。ていうか」

「ていうかじゃない！！！」

菅は激怒し、「かえれー！」といった。鳥井はビクッとし、いそいそと帰る準備をした。自分はなにも意思していなかったのに、菅を怒らせてしまったな……と後悔したがそこにもなんの思考もともなわずにいる身体がこわかった。つかれているな……。しかし、つかれているがゆえに、つかれをとることすら覚束《おぼつか》ない、というかつかれをとる意欲が、わかぬなあ……。菅の最寄り駅まであるいて、あるいているときだけはこうしてある程度健康な思考というのが担保《たんぽ》されていて、けれどずっとあるきつづけるわけにはいかないのは思考も身体も同じだった。

鳥井はうらやましかった。菅の退職も、パーティー思考も、引越しも、激怒も、パチンコ依存も、なにもかもうらやましかった。

おれは羨《うらや》ましいだけだな……

鳥井はそのように羨ましい感情だけで帰宅し、男性専門の退職代行サービスを利用して会社を止めるまで毎晩菅を呪いながら寝た。

萱は引越先で引きこもり、YouTubeで学生のころに嵌まっていたいわゆるビジュアル系に分類され一世を風靡《ふうび》したたぐいの音楽をひたすら鑑賞した。さいしょこそボーカルの圧倒的な華に魅了され、声のいろどりにうっとりと夜をあかしていたのだが、徐々に自分がほんとうに魅力を感じ、さまざまなビジュアル系バンドのライヴパフォーマンスを見続けてしまうしんの要因はドラムにその秘密があると気づいた。おおくは髪をふりみだしてリズムを刻み音楽を支えつづけている、バンドの音楽を支えるということは世界をつくっていく、足場をととのえるそのような営みに感動をおぼえ、はげしいヘッドバンギングを重ねているうちに首を傷めて病院へいった。

退職から三ヶ月がたっていた。痛みのせいでつねに左側に首を傾《かし》げている体勢になり、そのようなはじめての角度の視界で陽射しを浴びていると、外出するのもじつに一ヶ月ぶりだということに気がついた。ようするに引きこもり無職であるという自分の客観的状況に、首を傷めてはじめて気がついたのだった。

自分の社会人としての十余年は、いったいなんだったのだろう。あのように権力と嫉妬にまみれたワンダーランドとは、そしてかくじつにその排外的組織の構成要素であった自分の役割とは。学生時代、おなじようにギスギスした人間関係に悩んでも、承認欲求や妬《ねた》みでからだがどす黒く汚れても、演劇をやっていたことにあったようなよろこびの感情は一切なく、ただただ幼稚《ようち》で後味のわるい嫌がらせを自他問わず施《ほどこ》しつづけてきた気がした。痛み止めを処方され、「けっきょく安静にしているしかないんだけど。無理は禁物ですよ」と医師はいう。

あきらかに年下の男性に労《いたわ》られ、菅はなぜだか、「あの、自分無職なんですけど」と聞かれてもないことをいってしまう。菅じしん知るべくもないことだが、鳥井が菅を「パーティー気質」だと断じたのは菅のこうしたコミュニケーションにおける特異なランダム性によるところで、まるで子どもみたいに、菅のコミュニケーションにはノイズがおおくバリエーションの変数がまったく読めないことがおおかった。環境への依存はすくなく場に応じてする自己開示も気まぐれで、職場では「空気が読めない」といわれていた菅がいないと極端に会話が減るのだがわれわれはそれで満足している。幼少期からだいぶ恵まれたコミュニケーション環境で育まれた自己肯定感で、それが他人にたいし重い加害に派生することはすくなかったが、言葉数に比例することなく会話の磁場は菅がいつも握っており、いつだってパーティーの主役なのだった。

「はい。保険のことですか？」

「いえ、そういうわけではないのですが」

「実費になってしまうかもしれないのですが、あとで保険証をおもちいただくか、失業保険などの対応で、返金できるかもしれません」

「わかりました」

「……」

「……」

「……なにかご不安なことありましたら」

「不安……そうですねそういうわけでもないのですが」

「……」

「……」

「あの」

「これ、どれぐらいで治りますかね？」

「え？　あーどうでしょう……。ひとによりますが、あまりお痛みが長引くようならもう一度いらしていただくか、整形外科などを紹介しますよ」

「なんだか、首が熱くて……」

「……どれ」

年下の医師が再度患部《かんぶ》に手をふれると、だいぶ熱い。先ほど触診《しょくしん》したときは、むしろつめたいぐらいだったのだが。

「そうですね、筋肉が炎症を起こしているので、熱をもっている状態かもしれません。湿布もだしておきましょうか？」

「おねがいします。あの……」

「はい」

「ありがとうございます」

「いえいえ、どういたしまして」

院内処方でもらった痛み止めと湿布をちいさなビニール袋にぶらさげて、菅はいま医者にふれられた首が、どんどん痛みを増していく、そんなさなかで、われわれは自分たちがどれだけこの社会で傷ついているかをしり、それ以上に自分たちがどれだけ他者を傷つけているかをしった。あの年下の医師も、本心では患者がこわいだろう。いつまでもパーティーでは、いられないな……。

都合よく怪我をいたわっていられるわけではないし、痛みは永遠ではない。しかし、身体は連綿とつづいているものだし、気質が傷に熱をもたせている。そうした連鎖に、どうして当事者性をもたずにいられよう？　パチンコ依存もヘッドバンギング捻挫《ねんざ》もあまりにも幼稚だったと菅はおもう。傷は治っても、身体は治らない。なぜなら、生まれるまえからつづいていて、死んだあとも手渡していく身体だからだ。制度や生殖ともそれは関係ない。菅は足の裏で踏むまったく馴染みのない街のアスファルトを、想像力を木々に繫げて、風を浴びて皮膚を冷やしながら、川や海や山や故郷がどの方向にあるのかもわからずにあるいている。蟻《あり》の死体がスニーカーの溝《みぞ》にはさまったたまま、菅は玄関で靴を脱いで布団に横たわり、じっと目を瞑《つぶ》っているだけで一時間をたえた。

死亡のメソッド

ものすごく死ぬのがうまいひとだな、とおもっていた。目の前で死んでいくおとこの顔をまじまじと眺めていると、やがてその皮膚《ひふ》が死に、内臓が死に、目が死んで、どろどろと濁《にご》っていく。肌のいろがきゅうに乾いていき、身体《からだ》の内側から照明がおちていくようにだんだんと、暗さと白さが同体してつよまっていく。かんぜんに死体になると、監督の「はいオッケー」というこえが聞こえた。カットがかかって起きあがると、おとこはふつうに生きかえって、「床、つめた……」といった。

監督の指示で先に死亡を撮って、そのあとに殺害を撮ることになった。演技はすきだが、ただエキストラに応募して参加するだけの毎日だった鳥井《とりい》は、現場で「かれと同い年ぐらいのひといる?」と探されてまっさきに手をあげた。

殺害のシーンもへんな順番だった。錐《きり》の刃の部分のながいような、見たことのない凶器が主演の俳優の腹に刺さった状況からカットがはじまって倒れるシーンを先に撮り、つぎに鳥井が俳優にぶつかるシーンを撮り、最後に鳥井が凶器をただ握っているだけの場面を撮り、すべてのシーンをフラッシュっぽくぶつ切りにするようだった。だから鳥井はただぶつかって凶器を眺めただけといえて、演技とはいえ殺人の感触はいっさい味わえなかった。鳥井には台詞《せりふ》はなにもなかった。殺される男にも血糊《ちのり》ひとつつかわずに演技だけで死んでもらうのだったが、死体のうまい主演は小道具がないほうがむしろうまく死ねるらしかった。

「血糊とかあると、どことなくファニーな気分になって死亡に集中できないしね」

演技を志し、つづけてはいるものの なぜ自分が俳優になりたいのかもわからないし、端的に向いていないとわかりきっていた鳥井は主演俳優にぶつかっただけでひどい緊張をし、NGをだした。

「もう一回しようか」

鳥井は監督が女性であることにも緊張していた。かさねて情けなさは募り、どんどん泥沼で自分の身体のすべてがいけないもののようにおもえてくる。自分が自分でいるだけで、ひどい暴力を世界にたいしてふるっている。それで焦って追い詰められていると主演に肩を叩かれて、励まされる気配に身体がこわばると、「台詞ないのに、緊張するとかもはや羨《うらや》ましい」「大根は大根の役もできんからな」とその死亡のうまい役者にいわれ、鳥井はおもった。

「殺したい」

それでようやく次のテイクでオーケーが出ると鳥井はホッとして、そそくさとその場を離れようとした。すると、主演が鳥井以上にホッとした顔をしてい、それで鳥井はわかってしまった。さっきの悪口も演技だったんだ。主演に気をつかわれて偽りの殺意をもってしまっていた。主演をやる人間はやはりちがう、自分はほんとうに向いていない、演じることだけでなく自分の人生も向いていない、実人生の主演すら無理な人間なのだ、とわきまえて内罰的な気分に落ち込んだ鳥井だったがそれでも演技は止《や》めたくなかった。街で雑踏をつくりあげるエキストラとして参加したがきゅうに殺害の役を担《にな》ったために連絡先を聞かれ、なにかあったら連絡すると助監にいわれた鳥井は「鳥井さんって、下の名前は？」と主演に聞かれぎょっとした。

「陽太《ようた》ですが」

「もしかして、第六小？」

出身の小学校の名前をいわれ、「侑賀《すすが》」という名前で主演を張っていた男が「おれ、菅《すが》航大《こうだい》、おぼえてる？」と名乗ると、記憶がいっきに蘇《よみがえ》ってき、そうだ、さっき自分がころした相手におれは命を救われたんだった、とおもいだしたのだった。

その翌日、撮影スタッフには呼ばれなかったが菅に呼ばれた。

……夕方とか時間ありますか？

……その時間は公園にいます

……では公園にいってもいいですか？

……もちろんです

ＩＴシステムを請け負う会社の営業としてはたらいていた鳥井だったが、鬱《うつ》になるような情緒のはるか手前で会社をやめた。勤めている時期は一年ちょっとだった。甚大なダメージを身体にうけるまえだったので、なんとか寝込むような事態には陥《おちい》らずに済んだが、昼間に公園にいかないと夜にひどく調子がわるくなる身体になっていた。

鳥井はなんとなくスマホで公園の風景を撮影していた。池の向こう側に種類の違う木々が、あるものは枝をしだれさせ、あるものは根を池の水で湿らせながら高く聳《そび》えている。先っぽがそれぞれの空にむかっている枝の先が、とおくのベンチに座ってぼんやりしている鳥井のスニーカーに影を落としていた。背後のほうからも水のさざめく音が聞こえるが池以外の水辺は周囲に見当たらず、地面から陽の匂いがたちのぼってくる。鳥が、樹木の手前と奥を水平に横切って飛んでいく。「こんにちは」という声がしてカメラごと視線をあげると菅がいた。

「こんにちは」

平日の午後にひとは疎《まば》らで、視界に自分たち以外の人物はなかった。気温はひくいが日差しがそれを補ってふたりとも肌の表面だけあつい。

「どうぞ」

鳥井がちょっと緊張しつつベンチの横をあけると、「これはこれは」と菅はいう。なんとなく見当がついていたことだったが、演技のうまい人間特有の緊張のなさ、そして緊張させなさを菅は持っている。二十年あっていない小学校時代の同級生だったが、菅は十年毎日あっていた人間といるみたいに「ポカポカー」とかいっている。しかしこれはだれに対してもそうなのだ。

「撮影は、だいじょうぶですか？」

「じつは、昨日でいったん終わったんです。つぎのシーンは完全にもっと春になってから撮るって」

「あ、そうなんですか。しらなかった」

「鳥井さんにも、しらせたほうがいいよね。けっこう、重要なシーンだったとおもうし」

「いや、そんなことないでしょう」

「だっておれころされたんだよ？」

それで、ふたりは笑ったのだった。

菅は侑賀という芸名で大学卒業後から俳優活動をはじめて三年だという。映画を中心に半年に一本は主演をつとめ、ときどきは作品がヒットしたり賞をうけたりもしていた。

「最近はバイトせず、ギリ食えてはいます」

「そうなのですか？　すごい売れっ子でしょう。主演をはるぐらいなのに」

「それは、あの監督だから。二ヶ月前も、せっかくきまったべつの主演を降りてしまったんだ」

「そうなんですね」

「なんか、演出のひとに『もっと侑賀くんの内面というか、侑賀という俳優の地から浮かび上がる狂気のようなものを見せてほしいなあ』っていわれて」

「じ？」

「じ。地？　地面の地」

「ああ、地」

「だから、おれ、そんなんないですしっていって。半ば降ろされたのかな？　すごい無視とかされちゃって。でも、ほんとに無理なんで」

「無視？　それはひどいっすね」

「あと『おまえは主演しかできない人間だ』とかいわれて、本人は褒《ほ》めてるつもりだったろうね。でもなんかすごい傷ついた。こんなん、ひとに言えないじゃん？　だからだれにも相談できず辛かったなあ」

　じゃあなんでおれに言った？　菅の表情がわからない。しんけんに落ち込んでいるのかもしれなかった、怒っているのかもしれなかった、そうでもないのかもしれなかった。はかりかねた鳥井は慌ててしまった。

「昨日の監督は、登場人物がキャラクターとして存在するその直前までを撮るのがうまいから、侑賀さんは、」

「え、菅でいいですよー」

「あっはい。菅さんはキャラクターに成りきって成長したり、激情を憑依《ひょうい》したり、そういうのが無理なんじゃないですか？」

「えー。そうかも。いわれてみたらそうかもしれないです」

「すごいいわれますもんね。俳優って。なんか狂気とか、ぜんぶ曝《さら》けだせみたいな信仰。でも人間味とか狂気とかしか許されないでしょ？　それだけじゃないし……。でも菅さんは、監督に最初からぜんぶ明け渡しているようにみえた」

「……」

「カメラの前では、ぜんぶあげちゃってるみたいだった。自分を。うまい俳優さんは普段から空白みたいなのが、すごいあるけど、菅さんは空白のほうが多いというか、まっしろというか……とかいって、でも女優は女優魂とかめちゃくちゃいわれるし、現に楽器の演奏シーンとかは女性のほうがはるかにうまい。というか男優で弾けない楽器を弾けている顔ができる俳優なんていないかも。でも女性はすっとそういう顔ができる。なんでかな……。あっおれすごい喋《しゃべ》っちゃって、すいません。生意気に」

「鳥井さんすごいねえ。なんか、いわれてみたらおれはカメラのまえにいるほうが自然っていうか、すごい楽なんだよね」

小学生のころ、遠泳実習の日に片方が溺《おぼ》れた。溺れている同級生に気がついたほうが、溺れている同級生をたすけた。片方が溺れていることをしっているのは片方だけだったからだ。鳥井は菅が自分を助けてくれたとおもってい、そう告げて「あのときはありがとう」といった。菅はなにが？という。

「おぼえてない？」

「え、なにが？」

「遠泳実習……」

「遠泳？」

「あ、海をとおくまで泳いで、ブイで折り返して戻ってくるやつ」

「あー、遠泳。そんなんしたっけ？」

「しましたよー。命の恩人なのに」

「あー！　おもいだしたかも。でも、あれは休日に海水浴にいったのではないっけ？」

「海水浴？　そういわれてみたらそうだったかもしれない」

鳥井はそうはおもわなかったが、はなしをあわせた。陽光が菅の肌のはんぶんをすごくあかるくしている。花粉のせいか、頬《ほお》のあたりが赤くなっていた。赤みは影の側ではむしろ影の濃さを薄くしてみえ、光の側ではきわめてこまかい傷、光をひっかいた傷のようにみえた。目が鳥井をみている。

「それ、撮ってる？　スマホ」

「あ、撮ってます。すいません、先にいうべきだったしダメだったらいま消します」

「ううん、なんかおれいつもよりうまく喋れてるなあとおもってた。カメラの前だと流暢《りゅうちょう》にいけるから。それに、おれが鳥井さんに助けられたんだよ」

「え？」

「鳥井さん、脚本を書いてみたらいいとおもうよ。じゃおれそろそろ行くね」

菅が去ると、元どおりの公園だった。しかし鳥井はさっきまで、まるで死後にいるみたいにリラックスしていて、いまひとりで公園にいるほうがよほど緊張している。おれ、まだまだ疲れているんだな、とわかった。離職して随分《ずいぶん》たち、だいぶ元のエネルギーに復帰しつつあるかと過信していたが、損なわれた部分が元に戻るということはありえないのだ。陽が足元からとおくなっていて、歩かないとどんどん下半身から冷えていき、鬱になって景色も匂いもわからなくなるだろう。しかし鳥井は動けなかった。鳥井はスマホをかまえて、ふたたび公園の映像を撮りはじめた。

風の弱い日だったので、ひかりと植物が動かなかった。そういう日はまれで、じいっと定点でスマホを支え木を撮って動かずにいると、カットを挟《はさ》んでいなくても巨大な時間が過ぎ去ったようにかんじる。過去に撮った映像を眺めながら鳥井は、またべつの公園にいって風景を撮った。今度は風のつよい日だったので、一日の気温や湿度、おひるから夕方へ移行するドラマ性がはっきり映った。たとえば前者の風景だったら数十年を往き来《いき》するおおきい筋の映画につかってみたいし、後者だったらのうみつな数日間を描くような映画につかいたい。たとえばだれかが走り抜けるにしても、後者の映像にはなにか音楽を合わせて、全速力で走りくる者を求めているかもしれない。

しかし鳥井には友だちもなく、演者のあてはなかった。ふだん有名人のblogアドレスをまとめてフィードにぶちこんで、閲覧《えつらん》してはゴシップの種を求め、危なげな投稿をする有名人の名前を検索窓に打ち込み「○○　批判」というサーチにサジェストが出るワードの三つ目を探したりしている。そうした記事製作の仕事をしつつ、鳥井はひたすら風景を撮っていた。鳥井はゴシップがすきだった。子どものころはゴシップとは人に勝手についてくるもので、ふつうに暮らしていてもそこらじゅうに溢れているのだとおもっていたのだが、じつはゴシップがゴシップのかたちで成立する背景には鳥井のようなつくりこむ人間がいるものなのだとわかってきた。有名人の写真や文章には有名だからというだけで当然のように物語がうつっているわけではない。しかし行間を補って推理すると、さまざまなストーリーやキャラクターがそこには埋まってい、勝手につくられた物語の線は〈有名さ〉にとって都合がわるく、また都合がわるいゆえに密告へと繋がりうるものだった。そもそも、太古の昔から人間たちの会話の約九割は広義のゴシップでなりたつもので、映像やフィクションでさえそのゴシップ率が下がるわけではなく、ほぼゴシップでできている映画や小説だってちゃんと受けて売れている。午後の日課のフィードを眺めやる。

若い女性コメンテーターの家の庭に、先日まで写っていた犬小屋が撤去《てっきょ》されていた。犬が亡くなったのだ。それで生放送を追っかけでみるとそのコメンテーターの意見は飲酒運転検挙率の話題にふだんより鋭く批判的で、鳥井は「犬が死んだからだな！」と判断しすぐさま記事を書いた。Twitterには、

……コロチャン、ついに、、、。

……涙涙涙

……大切な存在がいなくなることの大きさをかみしめています。いつも支えてくれているひとにあらためて感謝、ですね。

という投稿が断続的になされていたので、これは間違いないだろうと判断しすぐに編集部におくると、一時間後にはネットニュースにあがっていた。

〈飼い犬が亡くなってノイローゼ？　埼玉ゆきえ生放送で暴言「地獄に落ちろ‼」〉

公園を撮っていたスマホとおなじデバイスですべての作業はこと足りた。その記事をベンチに座ってかいている最中に「久しぶり」とやってきた菅と会うのは、半年ぶりだった。

前回の公園で会話していらい、一度喫茶店で珈琲を奢《おご》ってもらいのんだだけで疎遠になっていた。菅の主演映画が一本公開され、それをみて感想をおくったことからまた会うことになった。

　菅は珈琲をもっていて、ケバブをもっていたが、自分が食べるようではなく「これ食って」と鳥井におしつけた。丁度《ちょうど》腹が減っていた鳥井は「ありがとう」と応《こた》えて食べた。数日ぶりにまともに摂《と》ったでんぷんの味が脳をしびれさせ、珈琲をのんで鳥井はカーッとあつくなり幸福な身体になった。

　菅はベンチに腰かけると、「はぁー、めっちゃつかれた。公園にくると自分のつかれがわかるようだ」とつぶやいた。それにたいしての返答は求められていない気がしたので鳥井はだまっていると、「ちょくちょく公園にこないとな、山とか」といっている。カメラをむける。

「海とかは、いく？」

「いやいかないっしょ。溺れたことおもいだすしこわい。もう十年以上いってないね」

「ふうん」

「鳥井は？」

「おれもおなじ。公園ばっか」

　しかし先の菅の「鳥井は？」は「さいきんどう？」か「なんか演技の仕事してる？」の

たぐいをブレンドした意味での「鳥井は？」だった。もう一度菅はこんどははっきりと、

「鳥井はなんか演技の仕事とかしてる？」と聞いた。

「いや、もうほとんどしてない。知りあいのつてでエキストラに参加することが一度あったぐらいかな」

「ふうん」

ケバブを食べて満腹になった鳥井は「ちょっとあるかない？」と提案した。それでふたりで土を踏みしめ、自分たちの身体が動くことでおぼえる匂いや音を感じつつ、ぽつぽつ話していると、「こないだ感想をくれた映画の撮影のとき、背中を傷めちゃって。もう二年も前だけど」と菅はいった。

「腕をあげると痛かったの。あの撮影忙しかったから、タクシーを拾う時とか辛かったのをおもいだした。鳥井が感想をくれたせいで、ひさびさにおもいだしたよ」

「こないだのって、バドミントンのやつ？」

「そう。映画のなかで背中を怪我するのはもうひとりの主演のほうで、おれは足を傷める役だったのに、向こうは無傷で、おれが背中を傷めてたんだよね、じつは」

「へえ。バドミントンはもともとやってたの？」

「いちおう、中学と大学のサークルでね。けど、さすがに役の設定よりだいぶ下手になってたから、ちゃんと社会人サークルに通って、週二回ぐらいプレイしてたんだよね。えら

い？」

「えらい。ダンスは？」

「ないない。相手の主演がもともとダンサーだったから、バドミントンはおれが教えてダンスはすこしおそわった。あれ、なんだっけ、コンテンポラリー、だけど、それじゃなくて、あれ」

「コンタクトインプロヴィゼーション？」

　舞台挨拶で侑賀ではないもうひとりの主演であった坪井尊《つぼいたける》という俳優が解説していた。日本の合気道からヒントを得たコンタクトインプロの踊《おど》りでは、通常何人かで場を共有し即興を踊るのだが、リフトやはげしい交錯などもあり、離れて踊っていても相手の身体を意識する。通常の生活空間ではそこに人間がいることを心地いいと感じたり、邪魔と感じたりする固定観念を踊ることで取り払い、動きのきっかけや着想としての他人の身体をいちから考える。そもそも坪井尊がダンサー出身の俳優であり、コンタクトの経験もあったことが今作の起用に繋がったと監督が説明した。

「監督はそのコンタクト……の踊りとバドミントンの関係をどうお考えだったんですか？」

「いや、いや。考えてないそんなの。ぜんぶそういうのはぼくは、ええ坪井くんに任せちゃおうと。そうやって撮っていた」

鳥井はその舞台挨拶をこっそり録音していた。バドミントンのダブルスでは、相手の身体がパートナーとして信頼に足る、心地いい存在ではあるんだけど、シングルスに比べてダブルスのコートが二倍の広さであるわけではなく、また来た球を交互に打ち込むわけでもないから、厳密には攻撃範囲にしても守備範囲にしても重なってて、相手の身体はプラスというよりマイナスだし、ただしく邪魔という感じがする。でも、その邪魔っていう感じをうまく利用すれば、バドミントンの攻撃力は何倍にもなる。

「YouTubeでいっぱい試合を観て、そんなふうに考えちゃって、それって僕がやっているコンタクトの踊りと、なんかちょっと似ているなっていうのが、わかってきて」

「つまり、相手の身体が邪魔ってことが？」

「うん、そう。邪魔っていうことを、ネガティブに捉《とら》えない？　というか、相手の身体がそこにある、それってポジでもネガでもなくただ、そうあるものだし、なんていうんだろう？　いい邪魔ってある……、いい邪魔なのが、コンタクトとバドミントンのダブルスの、似ているとこだなあって……」

　鳥井はその映画をあまりいい作品だとおもえなかった。

「作品の死んでいる者たちかもしれないってことと、創作物としてのメタ性……。たとえば俳優は画面に映っていないときに死んでいるか生きているかはわからない。映っているからたまたま生きてるってわかるけど、フェードアウトして、二度と映らないなら画面から外れた瞬間にころされてるかもしれなくてそれは観客にはわからない。関係ないってされる。でもそういう可能性が無数にある。そういう外部が、いまひとつあいまいに仕上がっていて……」

それであらためて菅に感想をそのようにつたえると、「ふうん。でもなあ、いちおうふたりとも踊ったわけだから、おれがもっとしっかり踊れたらしっかり作品のよさもつたわったかもなあ」といった。

踊りなあ……

たしかに菅が踊りに出ている場面で、ほんのすこし菅の身体がその世界にいる者、踊りのある世界にいる者としての存在感が出せたなら、またちがった印象が残ったのかもしれなかった。恋愛要素が全体として目だちすぎていたのも、いいのかわるいのか。バドミントンや踊りの場面でいきいきとしていた相手役の坪井尊と比して、菅は運動の場面では無表情におち、恋愛の場面ではころころ表情を変えて演じていた。しかし、運動の場面で表情が出ず、恋愛の場面で表情が出ることが、侑賀という俳優のしぜんなのか不自然なのかはわからない。もし自分が演出したとして、どちらの表情を軸に風景や音楽を挟んでいくかは、やってみないことには。そのような思考を経て、鳥井はダンスを習いにいくことにした。

団地のあいだをバイクがはしると、べつの棟のあいだにいてもわかる。台円形の給水塔を目印にいま居る場所を判断し空をみあげると、地面から吸い込まれるような気概《きがい》がわく心地よい日だった。タイルの果てで剝《む》き出しになっている土から石がのぞいていて、建物のしたでも土がみみずの蠢《うごめ》きとともに団地全体を百年かけて往来している。鳥井はなんとなくカメラを構えながら考える、この幼少のいっとき過ごしていた団地のそこここからかおるノスタルジーだけを、うつしたいものだな。住んでいたのは小学生のころの三年ぐらいで、なぜそのころここに住んでいて、いまべつの場所に実家を転居し、またべつのマンションでひとり暮らしているのかという現在がわからない。過去のほうが濃くある風景のありかたは、現在を無視して未来だけが過去に挟まれている実感が湧いてくる。たとえば波と水面に挟まれて、だれかの身体が命を助けてくれた、あの瞬間といまこうして普通を生きている瞬間の交換可能性が？

レッスンは二回目だった。子どものころ住んでいた団地で教室がひらかれているという、そうした情報をみつけ一回千五百円を払って二時間踊っている。一度目のレッスンで緊張しすぎていた鳥井に、「あなた、また来たんだね」といった老先生は、体調を崩しがちであるらしく実際のレッスンはお弟子さんだという男が担《にな》った。

「また？」

という疑問をのみ込んだまま、鳥井はいわれるがままに動いた。寝転がって体重を床に預《あず》けてゴロゴロ転がったり、坪井大河《たいが》と名乗る先生の背中に腰を預けて、「おれの背中を床だと思ってくださーい……もっと、力を抜けるポイントをさがしてー」といわれたりした。

レッスン二回目にして、「大河さんって、俳優の、その……」と聞くと、「よくいわれるけど、あれは兄です」。菅と共演した坪井尊という俳優と、若い先生は似すぎていた。

「へえ、あの共演した脩賀っていう俳優、友だちなんです」

おもわず有名人自慢のようなものを披露《ひろう》した鳥井に、坪井はほほえんだ。無地の白い半《はん》袖《そで》にスポーツメーカーのスウェットというどこにでもいる寝巻きの若者といった風情だが、動きはとてもなめらかでバーベキュー場で焼かれる肉に吹く風のようだ。じつは、しっていた。坪井尊の弟がみずからの幼少期をすごした団地でダンスを教えているという偶然を後押しにして、ここへやってきたのだから、ゴシップ記者の執念《しゅうねん》がいまの鳥井の状況と身体を運んでいるともいえた。

まるで動かされているみたいに動くのだったから。

「すごい、仲わるいんです、兄と」

そういってあかるく笑った、鳥井はその笑顔を撮っていた。一回目のレッスンで、「映画撮ってるんですが、もしよかったら、撮影とかも可ですか?」と訊《たず》ねたところ、老先生も坪井大河も「可」と応えていた。

ガタガタと戸が風で鳴ると、蚊除《かよ》けのカーテンが内側に吹き込んでくる。草のにおいと鉄筋のにおいと人間のにおいが混ざって届く。身体を動かしているときにはたらく意識の半分を外界に、半分を坪井大河に預けているような感覚で自我をうしなうような二時間をすごすと、鳥井じしんはあまりおぼえていないのに映像にはうつっている。たとえば萱が映画のなかで恋をしていて目や身体に反射する世界はキラキラしていて、いきいきと外界を身体にうつしている。しかし相手役である坪井尊はいまいち恋愛で身体がひからず、運動でひかっていたのだからすれ違う。そうしたズレは原作ではある程度意図されていたものだったのに、演出はそれに目をつぶり見ないふりをした。だから萱は「踊れたらよかったのかも」といったのだ。

でも実際にはしていない恋愛であんなに輝けるのはえぐい。もし同等の発光を踊りで得るのなら前世を踊りにかけていたような偽の記憶を召喚《しょうかん》するぐらいしかむりなのではない？　カメラの前でしぜんでいることに長《た》けた萱の身体だが、それゆえ俳優としての自我や野心が身体と共存できていず売れていかない。空白が資本主義に向いていないのだね。コンタクトインプロでは相手の身体が動きの着想そのものだが、どうじに自分の身体は相手に着想を与える。存在しているだけで発想であり、どうじに発想の障害でありうる。その表裏一体はふつうに生きているのでも同じだった。

坪井大河は、「一日だけ、俳優の仕事とダンスの仕事を兄と交換したことがあるんですよ。ぜんぜんバレなかったなあ」といった。

「でも侑賀さんにはバレたよ」

「え、共演したのですか？」

「うん。ダンスのシーンはね。兄はもう、踊れないもん」

踊っているのかいないのか、動きをおさめる直前のところで坪井がいうと、定点に置かれたカメラの先の鳥井の身体に自我がすうっと戻ってき、足の裏のつめたさがわかった。息を吸うと自己同一性が主張しはじめて、外にとびだす。熱が外に吸われていったからすずしい日だった。団地に何度も反射したひかりが汗の玉にこもると、髪に多角形の濃淡《のうたん》がうまれてぶわっと空気が空にのぼっていき、高いところから自分の身体を俯瞰《ふかん》できた。

それで坪井大河の兄、坪井尊のＳＮＳを観察しはじめていた鳥井はすぐにその運用がガバガバであることに気がついた。Twitter と Instagram の投稿タイミングに一定の規則性があり、だいたい Twitter で予告された内容、たとえば、
……腹ヘリコンドル
……うどんかな？
というツイートの六時間あとに特定可能な店の看板が Instagram にあがる。さすがに即時でその場にいるような投稿はないものの、それぞれ十万、六万のフォロワーがいるＳＮ

Sとしてはゆるい運営で、タレントの自主性を重んじて悪い方向につきすすむ運用の典型だろうと、即座に鳥井はチェック頻度《ひんど》をSクラスに格上げした。
それである日の坪井尊の、
……飲みたい、そんな日もある
という投稿の一日後に文章を分解しただけのハッシュタグで次々「昨日は／最高の夜／仲間／一生の絆／酔いすぎ」という文言とあわせてアップされた背後に映っている店がだいぶ怪しい。インターネットで調べると、そこにうつっていたビルのいくつかは覚醒剤の取り引きとその乱用に使われているという噂《うわさ》があり、鳥井はそこに出向いてカメラを回した。
晴れた日のルクスにおいてもビルのあいだを暗闇が蔓延《まんえん》し、かわいた新聞紙がアスファルトに張りついて微動《びどう》だにしない。都市をあるくスーツ姿の男性は世界に感慨をむけることもなく鳥井のカメラに目もくれない。
色々なことに、慣れすぎてやいないか？
青果店の客にインタビューをはじめると、「なにこれ、YouTube？」「あ、そんな感じです」「やだやだ、そんな……」「いや、ちゃんと全身モザイク入れるんで、大丈夫ですよ」「あそう？」「このへんにお住まいなんですか？」「あー、うんそう。あるいて五分ぐらいかな」「えー、すごいですね。こんな良いところ、羨ましいです」「うるさいだけだよ」

「この辺だと、夜有名人とかも見かけるんじゃないですか？」「あるかもね」「さすがですね、警戒心がつよい」「いまってリテラシーとかあるじゃない？　そういう……」「そうなんすよねー。でもそういうとこが、逆に聞き手としては信頼できます」「……」「教えちゃうけど、じつはおれ、芸能ライターなんです。でもまあ、これは一応、やってる振りだけの仕事というか……」「振り？」「うん。いいネタじゃないけど、一応やってますよって上に報告しないと、どやされちゃうんで」「なるほどね」「単刀直入にいきますけど、このへんで、坪井尊さんって見かけないすか？」「さあ……。坪井さんってしらないなあ」「いま公開中の、侑賀っていう俳優とダブル主演で映画やってるんですけど」「ああ、あの若い子の恋愛みたいなやつね。それは見てないけど侑賀って子は見たことあるけどね」「え？　このへんで」「いや、どこかでっていう意味」「そうなんだ。坪井尊は顔もしらないすか？」「しらないなあ」「でも、いい情報っす。これで上に報告できる」「あ、その写真の子、隣の部屋のひとが、みたことあるっていってたかも」「まじっすか？　すげえ」「でも、若い子の区別つかないし」「それってこのビルのあたりとか？」「ああ、そうそう、そのへんって有名人が出入りするって有名だからね」「ありがとうございます」。これで一本記事を仕上げ、編集部におくる。

〈坪井尊、黒い交際で引退の危機？　白昼入り浸るヤクザビルの正体〉

きほんスマホひとつでこと足りる商売なので現地にまで足を運ぶのははじめてだった。

全身にみちみちる奇妙な充足感を自覚していない鳥井はゴシップに向いている身体といえた。いつからそうなっていたのかわからないのだが、ゴシップ体質にひたひたにされている鳥井はその自覚もなく、ただ金のためにゴシップ記事を書いているとおもっていたがそうではなく、純粋に好きでゴシップを書いていた。この世代の男子にあるように、学生時代に男女区別なく話しているうちに笑いながら、「でもそれってセクハラじゃん」といいあえる、どちらかというと加害にも被害にも厳しい環境で育った鳥井がゴシップにだけ異常に寛容であることに、同級生はときどき戸惑ったのだが鳥井はわからない。

坪井大河は鳥井の複数のペンネームのひとつを教わって記事をみていくうちに、ゴシップがひとをころす可能性について鳥井の身体はわかっている、それを言語化するタイミングと気概がないだけという状況をそのテキストから読みとった。金がないのは現実だったし、資本が力あるものから力なきものに移動し、その先のさらに力あるものに吸い上げられる、そうした過程や歯車のひとつで自分はまったくかまわないと鳥井はおもっていた。けど、偽《いつわ》りの自己同一性をあまして身体がぎこちなく軋《きし》んでいる。ズレが勝手に言葉となって物語をつくる。坪井大河とコンタクトを踊っていても、「先がないのはだれもいっしょだし」「おれはいまを生きるしかできない」「金があればだれもゴシップなんか書かないし」。それはぜんぶ嘘《うそ》の認識だったけど坪井大河は許した。それで外気がだんだん夏にむけて暑くなってき、侑賀と坪井尊の映画も観客動員が伸び悩んだまま公開終了をむかえた。

ダンスの休憩《きゅうけい》時間に身体ひとつでトイレにむかい、陽が長くなっていった団地のしずけさと排尿の音を、撮っている。だらしなく垂れ下がった性器はカメラではなく鳥井の目だけがみつめている。臭気が鳥井の身体を焦らせ駆け足でスタジオへ戻ると坪井大河がうつくしい振りつけを試していた。

公園をあるいていたら雨がふってきたので、鳥井の傘をつかい木のしたに避難した。葉が多重にかさなって密集した枝に隠れて濡れない程度の降りだったので、鳥井は傘をしばらずに話をつづけた。坪井大河の振りつけの動画をスマホで菅にみせながら、「けっきょく坪井尊のその記事はアップされなかったけどね、いつもは、かなり信憑性《しんぴょうせい》のない記事も載せてくれるような底辺メディアなのにな」とつぶやく。菅はへー、といってぼおっとしている。こうして主に公園で会うようになってもう五回目なのだが、会うたびに茫洋《ぼうよう》としている菅はしかしへんなとこに意志があるらしく、食事や喫茶店に誘ってものらりくらりかわしけっきょく公園にいきたがる。出会ったばかりのころに「またこんど、カメラに撮っても可？　べつに、どっかに出したり作品にしたりする予定はないけど、あ、もしだれかに見せたくなったらちゃんと見てもらって許諾《きょだく》をえるよ」とたずねると、あっさり「可」といっていた菅は有名人としての警戒心がない。ゴシップ記者に映像を撮らせて、へいきでいるなんて、どことなく不気味ともおもえる、しかし菅にとっての鳥井もおなじようなものだった。スマホをカメラにして回すと、菅は喋《しゃべ》りだす。鳥井はよほどのゴシップずきだよな。

「いちおう俳優のおれに嬉々としてゴシップを話すなんて、鳥井はよほどのゴシップずきだよな」

　さっきまで茫洋としていた、明確に雨に濡《ぬ》れてはいないが髪や肌の質感がどことなくしっとりとしている菅。鳥井はカメラを構えながら「や、好きとかじゃないよ。食うためにしてるだけ」と応えながら、吸い込まれる。カメラのまえにいるほうが自然っていうか、すごい楽だというようなことを以前菅はいっていたが、菅を撮っていると鳥井のほうでも吸い込まれるように自然になる。石ころや蛙《かえる》や木陰《こかげ》のような存在感でここにいるような心地がし、カメラを止めて自分の身体に戻ってきてはじめて、「さっきまで生きていた」とおもうような。つまりそれ以外は死んでいるみたいだ。

「おれだって、ゴシップ記事で金を得て食う自分が気に入っているわけじゃない」

「そう？　鳥井は気に入ってるよ」

　いっていることとの険に反して、菅はニコニコしている。こんなに猫がおなかをみせるように世界にたいしてリラックスしているなんて、生きているにしても、どちらかというと死んでいるみたいともいえない？　もし鳥井が菅みたいに自然だったなら菅にそんなふうに質問したいほどだった。しかし鳥井にはそんな【言葉】がおもいつかないのだった。

　言葉……菅の言葉はカメラのまえでオブジェのように固まる、つよい質感をもつ。真実のようにそこにあるというわけではない、真実であろうがなかろうが、ただそこにあってしまうという感じだ。のちにこの日の映像を見返して編集しているうちに、メインでは使えず切ってしまったものの捨てることができず、けっきょく捨てた映像にあわせた間のカットを追加で撮ってもう一パターンつくった。それをサブと呼んでひとに見せると、メインのほうが見やすいけど、サブのほうが印象に残るという意見も多かった。

「そういうなよ。それなりに辛いし、それなりにやれる。お互い様だろう？」

「それはそうだね」

菅はしぜんに、商業のカメラが回っているときよりもしぜんに動作を変え、髪を振って視線を奥にやる。風景のかがやきをぜんぶ自分につかっている。公園のつくりをしりつくした鳥井は菅の視線の先にうつる池とわたる橋が自分がみているもののようにわかったから、あとで雨の音がうつりこむ橋の画も撮る。その映像を挟み込むと、「鳥井はなにもかもわかってるんだよ」と菅はいい、なにもいっていないような台詞なのにいわれた鳥井はぐっ、と胸をつかまれるのだった。それでカメラの向きをかえて自撮りすると、鳥井はまさに喉仏《のどぼとけ》に言葉がつかえるような表情。役者のときはできたためしがない自然な演技。

演技？　これはフィクションではない。しかしその表情は鳥井の実感としてまったとき「演技」だった。言葉が身体にこもって、表情になってしまったのだから。では、菅は？　饒舌《じょうぜつ》な菅はどうして鳥井以上の表情でそんな、シナリオでもない台詞をべらべらいけるのか。多くないか？【言葉】も【菅】も、多くないか？

「おまえのゴシップがいつかひとをころすよ。それはおまえが生まれるまえかもしれないし、おまえが死んだあとかもしれない。まるで学問や芸術みたいに、ゴシップが生前や死後の隔《へだ》てを問わず存在しつづけることを、想像したことはある？」

それで全身がすくむようにぎゅっとつらくなり、カメラをとめて空の奥をみると、三十分後あたりから晴れてきそうだった。それで鳥井は「ごめん、いまのうちに雨の風景、撮ってきてもいい？」と聞くと、菅は真顔で「いいよー」といった。靴のしたの土がどろどろに溶ける一歩手前でしめっていて、湿度がスニーカーの周囲からのぼってき、地面と木の葉にたまる水気が繋がって鳥井を挟んでいた。視覚をとおくにとばすと霧で至近《しきん》がモヤモヤする。そのなかで緑と空気の暗い、色ともいえないような暗さそのものが重なってうつっている。四十分ほど傘をさしつつ風景を撮ってきて晴間といっしょに戻ってくると、菅は鳥井がそこを離れたときとおなじような姿勢でベンチに座っていた。

「お待たせしました。さっきの、迫真だったね」

「そう？」

と菅はいった。たしかめようのないことだが、菅はカメラのまえでしゃべったことを、おぼえていないのかもしれなかった。台本に起こしたもの、アドリブで発されたもの、どちらもおなじ審級《しんきゅう》でわすれている。そして台本や作品をみたらまたおもいだすけれど、みなければ一生おもいださない。ふたたび菅にカメラをむける。

サブの菅はかたまっていない。カメラと非カメラのあいだをチューニングする半死半生の菅が多かった。それは鳥井が菅の感興《かんきょう》をおこすようなことをいったときに、俄《にわ》かに表情の瞬発力をあげる瞬間のような、オンでもオフでもない菅の表裏一体だ。それがぐっと観るものにかなしさを帯びさせる。

おなじ場所なのに別の日のようになる。風景に演出をつけられているかのよう。カメラ越しにみていたときより、映像をみていたときのほうがくっきり別人ぽくみえたから、カメラの前の菅になってからはメインのほうの別日としてつかった。なんだかきょうはノっている菅は二度とおもいださない攻撃性を鳥井に向けている。

「台本はほとんどよみかえさないから、完成した作品だってみるの二年とか、もっとあとになるし、たしかに忘れてる。自分がなにを喋ってなにを喋ってないかなんて」

「それは、どんな感覚？」

「どんな……？　鳥井は踊っているときはどんな感覚？」

「踊っているとき？　うーん。わからないかも」

「たぶん、鳥井が踊っているときに、近い感覚なんじゃないかな。ねえ、もともと写真週刊誌とか、すきだったの？」

「あー。そういわれてみたら、小学生になるまえからそういうの、家にあってみてたかも」

「家にあったの？　なかなか杜撰《ずさん》な情操教育だな」

「父親か母親かが、仕事から持ってかえって、鞄《かばん》をあけて、お菓子より先に、とりだしてたかも。写真がすきで。あの芸能記事の、画質の粗い、なんともいえない、あやしさとか。夜の画質ってかんじ？」

「それっておとうさんかおかあさんか、おもいだせる？」

「おとうさん……いやそういうのは、母親だったかな？　おもいだせない。そもそも、その記憶もいまいわれるまでおもいださなかった」

「一度も？」

「一度もかどうかわからない。けど、おもいださなかった」

「おれはカメラの前にいると、すごいおもいだすんだよ。鳥井のことも、カメラが回っていたからおもいだせたんだ。だからいま小学生のころの記憶しかおもいだせない。このころは鳥井とカメラがセットになってる。記憶が、まるで四回目の今生《こんじょう》だよ」

「こんじょう……ダメなシナリオみたいだな」

「なにもかもおもいだせそうなんだ。経験していないことまでおもいだしてしまいそう」

「カメラが回っていないときは？」

「え？　なにが？」

「……」

「鳥井もそうだとおもうよ」

翌日は体調が悪くなったので一日寝てばかりいた。


「そうだね……登場人物。そうカメラのまえでは登場人物でいられるから、そのほうがおれにとって自然なのかもね」

「登場人物？　たしかにそれはそうだ」

「いまは、鳥井のカメラにうつっている菅っていう登場人物でしょ？　侑賀じゃなくても。そのほうがいいね。生き様とか人生とかいわれるより」

「なるほどそういうこと」

「うん。カメラがあると生きている感じがするから、バラエティーとか密着とかもおれはへいきなほうだね。俳優としては安いとおもうよ。でも自分からとおすぎる役はできない」

「助演とか？」

「え？　うーん。たしかに……おれはおれの人生の助演じゃないからねえ」

「それはあたりまえだろ」

「あと人間の二面性とかも苦手だね。裏表のある役とか。成長物語も苦手。ひいちゃう。

ダメアクター」

「アハハ」

「あと演劇な。誘われたらやってる振りしてるけど全部できてない。向いてないんだよ」

また別日。きゅうに誘われて、すこし遠くの公園に足をのばした。電車で七十分と二本の乗り換えで平日の駅をあるく。みはるかす視界のどこにもひとがいない道が、菅はすきなんだといった。海へ向かう道と公園へ向かう道とどこへ向かっているのかわからない道がGoogle Mapsに表記されてい、菅と鳥井のGPSポイントはまよわず公園へ向かう道を塗りかさねる。あるきながらもずっと、鳥井はカメラを回した。予備の予備までバッテリーをリュックに準備し、菅のひたすら楽なほうへ世界の舵《かじ》をきるべくカメラを回しつづけた。

みられている視点。自撮りを挟みつつ風景を撮るので、風景と身体との境界がボヤボヤして、草のうえに寝転んでいるようなノンビリした浮遊感が、いまの五感というより登場人物のような感覚であるのかもしれなかった。一日の登場人物として、とおくで犬の散歩をしている人物の、あしたの身代わりになって交通事故に遇《あ》うかもしれないドラマティック、物語性をひきうけている。つぎに何かが起きるかのような予兆《よちよう》を画角が物語っている。しかしそのほうがらくだ。自分も誰かも平等に、おなじ作品で登場人物になってしまったほうが。

「でも鳥井は選んでいるよね。登場人物を。ゴシップってそういうことだよ。おまえは酔っているんだよ。萌《も》えているんだよ。有名人の有名さに。そしてその萌えや酩酊《めいてい》を、嫉妬《しっと》で言語化しているんだよ。そんなのはファシズム的なんじゃないかな」

鳥井は無言でカメラを回している。

「ユダヤ人がいたらそう言語化するだろうね。君は。ここにいるぞって。通報する人間の、うしろにいつもいて自分は言語化するだけ。信条とかなくて、そういうのがすきなだけなんだよ」

鳥井はおもいだす。半年前に撮影現場で会ったとき、「大根は大根の役もできんからな」といわれたとき、カメラは回っていただろうか。

「野蛮どころか、反人生的に自暴自棄なんだろうけど、祭り好きを自覚していないね。人が死ぬとおもしろいだろう？　生きづらいけど娯楽の濃い人生と、生きやすいけど娯楽の薄い人生なら前者をとる、徹底的に男性性的な人間。おまえが死ねよ」

鳥井は泣いた。しゃくりあげていると「そうやって人前で泣いていたって、この場が盛り上がるだけだよ」と声音《こわね》がつめたいが、しかし菅の手のひらがポンポンと鳥井の頭を撫《な》でていた。発言と運動が分離しているのか？　鳥井は自身の嗚咽《おえつ》がうつりこむのも構わず、自分たちを撮りつづけた。

「トランプが勝つとはおもわなかった、トランプが勝つとは信じてもいなかったものが、トランプが勝ったら『おもしろい』など祈るような心性だよ。心底からおまえは」

それは現実にそうだった。

「いつもそうだ、おれがパチンコ依存になったときも、ユニットのフロントで孤独に死にそうになっていたときも、会社が潰れることがまるで自分自身の死みたいに辛かったときも……。口ではいいかんじのことをいってた。ダブルスにしつこく誘ったりして。でも、たんにそうなったらおもしろいとおもってただけなんだろ？」

菅がどの役をどの役と混同しているのか、現実とフィクションの境界がどこにあるのか、わからなかったが鳥井はおちこんだ。

「自分の自殺に、他人を巻き込もうとしているのかおれたちは」

「そうだぞ。おれだってこうやって登場人物になりにいってしまうのだからな。けど撮ったり書いたりするやつに比べたら、ふふふ……」

それで笑うと、天候が、待ってましたとばかりに逆光をそそぐ。菅の顔は九割五分が影になって、口と目の一部が絵画のようになった。

先日スタジオで踊っていたときに、坪井大河は「兄は酒があったら即飲むタイプ。薬があったら即飲むタイプ。そこはノータイムで身体に入れるタイプだよ。鳥井さん、いいとこに目をつけたね」といった。地面と天井のあいだに鳥井と坪井の身体があって、そのあいだで重なったり離れたりして踊っている、その最中は共有自我が五感をあらたな文法でつくりかえているから、【言葉】が出るまで鳥井はまだ時間がかかるようだった。坪井大河がいっていることを、自分がおもったかのように聞き、もう一度そうおもうみたいにいう。おなじことをもう一度おもう。そんなことは人生にあまりない。涙が頬をしめらせ、渇かないまま鳥井はスマホを充電に繋いでベンチに座り、いっしゅんふたりで黙っていると、たとえば鳥井は菅をカメラだとおもって生きればいいのかもしれないとおもう。菅が鳥井をカメラだとおもう時間がながいように、菅の目をカメラだとおもえば？　チラチラと菅のほうをみる。あいかわらず茫洋としており、ひとにいっさい緊張させない。歌をうたっている。よく聞こえないけど、歌謡曲のなにかを……。

「海が近いね」

鳥井がいうと、菅はすぐに歌いやめるではなく、「うん。行きたい？」といった。

「えー、菅は？」

いつしか鳥井はしぜんに、カメラのまえでの菅と、カメラのない場所での菅の人格を切り離して考える習慣が身についていた。おなじように、菅を撮っているときと菅を撮っていないときの自分の人格も区別できたから、泣いたことを忘れてはいないけど忘れているかのような、半分の気分になっている。たとえば発露《はつろ》した感情の余韻はあってすがすがしさと身の軽さはあるけれど、附随《ふずい》するはずの羞恥心《しゅうちしん》や内省のようなものは湧かないのだった。

「どっちでもいいよ」

「でも、怖いだろ。溺《おぼ》れたことをおもいだす」

「まあそうかもね。けど、おもいだすの久しぶりだし。平気かも。鳥井もいるしね」

「うーん」

「あしたもオフだし……。なぜか決まりかけていた映画の主演とドラマの一話主演が二個、飛んじゃったから、おれ干されてんのかもね、いままさに」

そしてふたたび歌いだしている。ＣＤもだしていないのに、ずいぶんと上手な歌声だ。

コンビニで缶酎《かんちゅう》ハイとチータラとポテトチップスを買うあいだもずっと歌いながら菅は、「Suica で」と応えた。店員も誰かはわからないが有名人が田舎のコンビニで買い物をしている、歌をうたいながら友だちといる、という状況に気がついているようだった。

海辺のコンクリが小学生の身長ほどに出っぱってる、そこにジャンプで飛びのって腰かけ、砂浜越しに海をながめた。すぐに恐怖とも寒さともいえないヒリヒリした実感が肌にきざしたので、鳥井はカメラを回した。菅もようやく歌いやめ、それを待っていたのだった。

「ねえ、これってまるでこないだの映画みたいだね。おれちゃんと観てないのにいきなりおもいだしたわ」

「え、こないだのって、カタストロフ？」

「そう。カタストロフみたいだね」

近くにひとはなく、目をこらしてはじめて影か人体かわからない塊がうつった。とおすぎて顔がみえず、目や口や手指といった器官が判別できないまま塊となった人体はモブで背景なのかもしれなかった。エキストラだから、ゴシップの需要はないのだった。鳥井は撮りながらおもいだす。カタストロフにそんなシーンはあったろうか？

「どこ？　どのあたり？」

「日下と火向が、合宿所から夜抜け出して、海をみにいくシーンだよ」

「ああ、バドミントンの合宿のくだり？　でも、海なんて映ったかな？」

「おれが演じた火向が海はこわいといった。おれは逆だとおもったよ。本来は坪井が演じた日下のほうが海がこわいんだ。原作でもそうだった。でもなんか演出が、変えちゃって、おかしいなっておもいながら演じたからおぼえてる」

「そんなシーンはなかった。さすがわかるぞ。海が出てきたらさすがに……」

おもいだす。でも、海で溺れていたかれらははっきりとその記憶があるわけではない。記憶があるわけではないのに自我があるというのは、身体だが身体じゃないような、身体じゃないが身体のような、へんな感覚だ。おもいだせない「私」をふくんだ自分を、いつも生きている。それはまるで「私」を演じているみたいだったから、かれらは充分に自信がないのだった。

「なんで、菅は海が怖い役だったの？」

「いや、わからない。監督とはなしたときに、おれがいったかも。でも、鳥井とあうまえにおれは海で死にかけたことなんて一度もおもいださなかったから、それはないかな」

「一度も？　それはないだろ」

「そう？　そういうことってない？　そうかカットされたのか……」

それに、そのシーンはあまりにもおれたちのことに似すぎてるだろ、と鳥井はいわなかった。またしても、【言葉】が……。音が先行しているみたいだった。つねに波のうちつける音がカメラを包んでいるのだから、映像が海をうつさなくても、山肌や行き交う車のヘッドライトで画が潰れてしまっても、重なったレイヤーで海がうつっている。自分たちにも海が重なっていて、それは音だけでなく映像が重なっている、と撮られているときから実感できた。じっさいには映像のほうがうるさいのかもしれなかった。小説でも、視覚のほうがものすごくうるさいのだから、鳥井は小説がきらいだ。

菅のほうからいいにおいがした。香水のたぐいかもしれない。それは映らないし、言葉で表現してもぜんぶ比喩《ひゆ》になってしまうのだろう。柔軟剤のような、南国のフルーツのような、砂糖をまぶしたお湯のような……

「感じたことも見聞きしたこともぜんぶ比喩だ」

鳥井が主役めいたいいまわしでそういうと、菅はすこしくすんだ色をつくって、「なにそれ」といった。鳥井はカメラをわたした。

「ゴシップは比喩じゃない。比喩じゃない明確な暴力なんだ！」

それでクツをぬぎ、海にむかってはしりだす。ずぶ濡れになって海水と戯《たわむ》れても、菅の持つカメラはぶれていて、助演としてよい台詞も見つからなかったらしく、「鳥井、こえー……こえーよ」といっている。菅もうつらずひたすら夜の波打ち際ではしゃいでいる自分をあとで眺めた鳥井は、本気で落ち込んで鬱っぽくなり自己肯定感が地に落ちた。


子どものころ住んでいた団地で踊っているのは鳥井の身体の内側で草木が伸び花が生えていくような感覚で、皮膚の外が自分の身体として切り離されないために坪井大河の身体をさがして接触しまた踊りに戻るようだったのだが、むろん鳥井は踊っているさいちゅうは勿論《もちろん》のこと、踊りから離れたところでもそんなことは思考もイメージもしていない。それは思い出に似ているかもしれなかった。子どものころ、エレベーターホールで口をおさえて、身体がはち切れそうなワクワクを抱えながら上ってくる友だちを待っていた、公園で餅《もち》つき大会が開催される日に早く起きすぎる朝方、花火をみたりジェットコースターに乗ったりした日の布団に入ったあとの情緒、そうしたものらが証明も反証も不可能なかたちで、鳥井の身体を傷めている。身体が治るみたいに思い出が復旧して、それが動きになって、音楽が鳴っている。老先生は二度の危篤《きとく》から昏睡《こんすい》に入って長いらしく「もう生徒さんは鳥井くんだけだよ。われわれは解散するし、お金はいい」と坪井大河はいう。金に困っている鳥井は遠慮の作法を経ることもせず、「えっ、ありがとう坪井くん」といった。

「おれも踊る以外は寝てるばっかりの生活だから、鳥井くんが来てくれてたすかるよ」

「よかった！」

ふたりともお互いにたいして友だち以上になれなれしいのだった。

鬱症状をきっかけに会社をやめて失業保険をうけ、芸能ゴシップを書いて生きているその日暮らしの鳥井には将来への不安がうすかった。金なんて今生では諦めてるし、金が生きがいでない時点で多くのひとには言葉なんて通じないのだ。どうせ皆死ぬし、それは予期せぬかたちであらわれるだろう。老後や将来の心配を他人にいわれればいわれるほど、鳥井は自分の身体の当事者意識から剝《は》がされるようだった。ハローワーク訪問時にはそうした自己同一性を束ねて演技をしているような実感がわき、自分の人生の主演として入念な役づくりを経てその日を心待ちにしていさえした。ダンスの帰り道に、団地から離れがたくて何時間も散歩してしまう。花壇のブロックの隙間から生えるみじかい草をしごいて、においを嗅《か》いで指を乾かす。そうして有名人のSNSをチェックした。鳥井には直接的に活動停止、休止に追い込んだ有名人とその資本が一件あり、間接的なそれが十七件あった。有名人をひとり停止させるとすくなくともその影響力に依って周辺でうごく人間十〜百人程度の資本がうしなわれて生活が劇的に変わる。そうした転落もおもしろいから、鳥井はどれほど対象の体調や社会的地位が地に落ちても手を緩《ゆる》めることはなくかれらがSNSを更新する度にその行間を読んだ。WEBライター業界でも「なんでもやる」人間としてすこし有名だ。「なんでもやる」というのはなんでも物語にする、ということだ。どんな善意でも悪行にプロット化することができ、また逆も可な鳥井の能力はいまのところ映画にはいかされていない。

三十分ほどそうしていると、棟のかげから坪井とおぼしき足音がして、おもわず鳥井はためらいもなく「坪井〜」と声をかけた。鳥井は近づいてくる人間がだいぶ接近してから「坪井じゃない」とおもい、さらに近づいてからようやく「坪井だけど坪井じゃない、俳優の坪井尊のほうだった」と気づいた。こんなに似ていただろうか？　いまは兄弟の髪型がちかいせいか、首からうえはまったくおなじようにみえる。坪井尊の地方ヤンキーふうのファッションはさておき、歩きかたがぜんぜんちがうのだったから鳥井もあと一年ダンスをつづけていけば判別できた。

「大河のとこの生徒さん？」

鳥井は被《かぶ》ってもいないキャップのつばを下げるような動作をして、滑稽だなとおもった。顔をみられたくない。芸能ゴシップを書いている身としてというより、なんだか普遍的に恥ずかしかった。所業というより素朴に顔立ちが、自分の顔がきゅうに恥ずかしくおもえて、声がだせなくなった。坪井尊とてべつに二枚目で売っている俳優でもモデル体型でもないというのに。

「にてた？　おれと大河」

「えー……。うーん」

鳥井の死んでしまいたいような自己否定をみすかすように、まじまじとみてくる坪井尊の顔の輪郭の影だけを、よこで流しっぱなしの撮影用スマホがうつしていた。踊ってもいないのに随分なれなれしい。

「なにこれ、うつしてんの？」

スマホを触ろうとする坪井尊の手をおもわず振り払おうとすると、うまく触れなくて、坪井尊もスマホにうまく触れなくて、結果鳥井の手がスマホを飛ばしてしまい回転する映像の擦《こす》れるような音がのこっていた。

いま、触れなかった？

という顔をした坪井尊のことを、しかし鳥井はみられなかった。そうか、おなじ場面に生きてはいけないんだ。呼ばなければよかった。この世界に。気がついたら坪井尊は行ってしまって、菅に「あしたかあさってヒマ？」とメッセージをおくると、鳥井が寝ているあいだに既読になって返事はなかった。

「なんときょうのゲストは大物ですよ、この方です！」

俳優の侑賀さんです！と紹介する。鳥井はYouTuberになっていた。映画を撮りながら、さまざまな撮影や編集技術を身につけたい、映画という形式にとらわれず、自由に映像の可能性を……と考えているうちにいつの間にかアカウントの登録を、萱への出演依頼をすませていた。萱にメッセージすると、しばらく既読スルーがつづいていたのにもかかわらず、「いいよー。いちおうマネージャーに聞いてみるけど」という返信がき、数日後にOKのスタンプがかえってきたので、鳥井は郊外の空いている体育館の平日のスケジュールを調査し、数日自分で通ってみたりするロケハンはいままで撮ったどの動画よりもたいへんで、そのあいだに鳥井は一般開放で競技をたのしんでいたひとに交じってすこしだけバドミントンを教わったりもした。

「えー侑賀さんは大丈夫だったんですか？　スケジュールとか」

いちおう小学校の同級生である由《よし》はつたえてあるけれど、鳥井はつとめてなれなれしくならないよう気をつけている。すべてのコートは埋まっていて、巧者《こうしゃ》がシャトルを打つ破裂のような音と、プレーに伴う音声（「ぐあー」「ヨッシャー」「はや」「なんでー？・」）など、言葉以前の溜息《ためいき》や合図、自分からパートナーから場のすべてを鼓舞《こぶ》するようなふだんの発話ではとうてい出されない声、それにシューズの滑るキュッキュという音、それらすべてと重なって「マネージャーにダメっていわれたけど、きました」と萱はちいさいのによくとおる声でいった。無意識に場の騒がしさや温度湿度、電波や機材環境によって声の具合を変えられ、またどのような状況でもあるていど意味と感情がこめられる、そんな声を菅はもっている。

「えーっ、ダメっていわれたんですか？　えっ大丈夫？」

という鳥井の声に合わせて「(消されるかもしれん)」というテロップをかぶせる。菅は未来で足されるそのテロップに応えるかのように「大丈夫大丈夫。大丈夫な『だめ』だったから。ほんとは大丈夫な『だめ』だった」と朗らかにしている。

「侑賀さんは出演された映画『カタストロフ』でもバドミントンをされていましたが、経験はあるんですか？」

「あーうん、中学ん時バド部だったんで。でも下手、下手っすよ」

「じゃあいっちょ、揉《も》んでくださいよー」

そうして5点マッチのゲームを五回撮る、とくに見せ場もオチもない動画だったのだが、侑賀の影響で再生数は伸びた。コメントも侑賀がかっこいい、侑賀と鳥井が仲良くて癒《いや》されるというような好意的なものがしめていたのだが、低評価の多さが気にかかる。グッド256に対してバッド88はあきらかに多い。

「それは侑賀のアンチだろ。坪井くんと共演してから、なんかTwitterのアンチとかすごい増えたんだよ」

菅はいった。また海のそばの公園にきていた。バドミントンの動画を公開してからも、鳥井はYouTuberとしての売りや性格、「キャラ」をきめられないまま公園散歩動画や日常動画を垂れながしている。侑賀と共演したあとで芸能ゴシップ記者としての素性がバラされてからは、ひらきなおって【重大告白】をながし職業をあかしたあとで「時事ネタ記者の自宅公開」「時事ネタ記者のモーニングルーティン」などの流行《はや》りもひととおり撮ったけれどもチャンネル登録者数はようやく800を超えたぐらいだったからYouTuberとして活動していくつもりはない鳥井だったが、毎日の時間が撮影や編集でつぶれていくのはありがたかった。日々の作業に忙しく疲労がたまっていっても、脳と身体のバランスが崩れて自律神経を乱すこともない。

「そうかなあ。侑賀アンチっぽいコメントはゼロだよ。おれに対しては酷《ひど》いよ。『有名人に張りついて稼ぐ金魚の糞』っていうコメントのコピペが毎動画五個はつくし、オリジナルの罵《のの》りも未だにえげつない」

「そうなの？　おれたちアンチが多いね。ところでカメラ、回してる？」

「これ？　回してない回してない」

すると菅は黙った。じつは回しているのだが、咄嗟《とっさ》に回していないと嘘をついた三脚のうえのカメラは、カメラ外の菅の姿をおさめた貴重なカメラとなって、作品のラストを飾るのにとても適した素材となる。カメラの外で人生の大根みたいになって、口ごもる菅の姿。そのまま五分も十分も、ふたりで無言でいる。ベンチに体重を預けると木が軋んでギュッと音をたて、菅の頭頂部をまっすぐ空にむかってむすぶ線の途中に鳥井のま横に生えている木の枝先が、かすかな風に動いて夕方のひかりをゆらし、太陽のある角度がわかるようになっていた。いつでも薄着の菅の肘の辺りに陽が溜まっていて、体勢をずらすとそれが腿《もも》のあたりに伸びて潰れた。そうした風景がゆっくり撮れていた。

「海、いこっか?」

と提案すると、菅は頷《うなず》いた。

立ち上がったところで、「ねえ、カメラ撮らないの?」と再度菅がいうので、「じゃあ、撮ろっか」と応える。わかっていた。菅はカメラのないところでは海に近づけないのだ。なので今度は逆、撮るふりをして撮らずにすませた。

「そう? おれはアンチのコメントみると元気でるよ。『生きてる!』って感じする」

「えー。キモい体質だな。有名人ってそうなの?」

「いや、マネージャーにいったら、『おまえはそういうとこあるけど、ひとにいうたらあかんで』とかいわれたし」

「あ、関西の人なの?」

「聞いたことないけど、たぶんそう。おない年なんだけど、芸人目指してて諦めちゃったらしいよ」

「へえ、見限りがはやいな」

「うん。頭がいいんだよな。鳥井のことすごい嫌ってるよ」

「え、YouTube の件で?」

「それもあるけど、よくあのゴシップ糞眼鏡は元気?っていってくるから、まあ商売柄じゃないかなあ」

「えー。傷つくー」

「あ、もう夜っぽくなってきたね」

「夜っぺー夜っぺー」

「よるっぺー。アハハ。しかし、すごい増えたよアンチが。坪井くんでドン、鳥井でドンだよ」

「え、おれも原因?」

「あたりまえだろ。ゴシップ脳のくせに、情報に疎《うと》いな。でもおれは、気にしてないぞ。もっと増やしたい、アンチを」

「なんでだよ。人気商売のテロか」

「根がパーティーテロリストなんだよなあ」

「なん、それ」

「パーテロ。パーテロなんだよなあ」

「うるさいよ。つめたい。波が。つめた怖いな。菅は海に慣れたの?」

「慣れてない。おれもつめた怖い。ゾクゾクしてきたぞ」

「つめた怖い。おれは慣れてきたぞ!」

「鳥井はなに撮ってるの? ダンスやらバドミントンやら練習したりして、おれそういう趣味とかないから羨ましい」

「ないの? いっても、映画のために練習してるだけだから、現実を生きてないけどね。実人生は、やってない」

「でも、いいなあ。鳥井はカメラがなくてもなんかできて」

「念頭にカメラはあるよ。撮るつもりだし」

「そっか。おれも念頭にあればなあ。『カタストロフ』のつづきを撮りたいの?」

「いや、つづきってわけじゃないけど、サブでとった映像とYouTube用の動画を繋いで、ポストカタストロフってのを、やってみたくて。あの映画なんか、足りないのよ」

「なにが?」

「なんか足んない。侑賀も持味《もちあじ》をいかしきれてない」

「そっか。おれは出来上がった作品のことは、うまくわからないから」

「坪井尊がダメなのかも。なんか、チグハグなの。俳優としてはすばらしいけど、侑賀とのシーンがチグハグ」

「……」

「だから自分があの役をやったらどうだろうってのは、ある。それでダンスとバドミントン」

「あ、そう」

「菅は死ぬ演技がうまいよね。あれどうやってんの？　ビビったよ」

「あれは簡単だけどね。最初からそれっぽいメイクになってるし、カメラに撮られてないって想像しているだけだよ。そうすればメイクが馴染《なじ》んで死体っぽくなっていくでしょ？」

「ふつうは逆だよ。死のう死のうっておもったら、逆にいきいきしちゃうのが俳優だからね」

「そう？　じゃあよかった。もっとカメラの前で死にたいね」

「ふつう一作で一回しか死ねないからね。『カタストロフ』にはそれが足りなかったかも？　こんどおれの前でも死んでくれ」

「いいよー」

「菅は？　ないのなんか、好きなこと、好きなもの、好きなひと」

「好きなひと？」

「推しとか」

「ないなー。ないない。推されてても、ぜったいいえないけどなんかキモいっておもっちゃうね。アイドルのひとはすごいよ。タレントとしての自分をぜんぜん頑張れない。あれは異常な才能」

「そうなのか？」

「さいしょはできるんだよ。タレントとしての身体と自己同一性が一致しているからね。けど人気になって三ヶ月もすれば、その乖離《かいり》をひきうけられなくなるよ」

「タレントとしての人格と本来の人格がべつべつになる？」

「うーん。なんかどろどろになっちゃうね。明確に区別できない。単に、身体とか人格が減っちゃったみたいに、疲れやすくなるね。イライラする」

「イライラ？」

「うん。イライラするね。無邪気に別人格を、いもしない人格の身体を応援してくれちゃって、『いないなあ』ってなる。うまくいえないけど。いないんだよ。もうおれ、残ってないよ。そんなに器《うつわ》が、あるほうじゃない」

「へえ。カメラの前では満たされている？」

「そうだね。なんか無理やり足されてる感じがするね。それもドーピングみたいなもんなんだろうね。もう俳優になる前の記憶とか、一切ないんだよ」

「そうなんだ。しかし、もう足がつめたーい」

「鳥井は？　推しはいるの？」

「まえはあったけどね。アイドルとかめちゃめちゃハマったし。すぐ推し変するのに定評があったし」

「推し変？　まあそのほうが、健康的なのかもね。わからんけど」

「でもいまは、いちおう恋人いるし、そういうの醒《さ》めたね。ゴシップしてるし」

「え、鳥井恋人いるの？」

「いるよ。遠恋だけどね」

「どこでしりあったの？」

「おなじダンスユニットのファンミでしりあった。おれ地方遠征までしてたんだよ」

「えー、いえよ。なんで黙ってんだよそういうの」

「え、侑賀のほうだろ、そういう話題で困るのは」

「そうだけど」

「そもそもおもいださないんだよ！　おまえといるとき関係ないじゃん？　登場人物じゃないんだから、言及して描写するようなキャラクター性、与えられないんだよ。かわいそうだろ！」

「へー……」

「さむいね」

「さむいね」

「ふるえがくるな。でも、手足がつめたいのはちょっと気持ちいい。死にそうになったときは、そんなこと感じなかったな。あたりまえだけど」

「こわかったな」

「こわかったな」

「こわかった。こんなことといえるのも思い出せるのも、めっちゃひさしぶり」

「おまえがたすけてくれたよな?」

「うーん……たぶん違うけどね。どっちでもいいのかも」

「どっちでもいいかなあ。どっちでもいいのかもね」

「どっちでもいい」

「どっちでもいい」


そこからようやくカメラを起動し、菅に渡すと手持ちぶさたのようになり、じっと鳥井を撮る。波がパンツの裾《すそ》まで濡らしてしまい、膝のあたりが砂でベタついていた。ズボンは塩で固まったみたいにバキバキに重くなり、鳥井の顔が疲労にまみれて歳をとっていた。

夜が身体から年齢を奪い、じっと菅をみている。いままで撮っていなかったことを菅はなんとなく悟っていた。

「おまえは裏切り者だな」

と菅はいった。

バドミントンの社会人サークルに参加していた鳥井は撮っていた自分の動画を主催者にみせ、「これ、どうすか？　ちゃんとスマッシュ打ててます？」とたずねると、「ちょっとドラッシュ気味だけど、いいじゃん。上達早いね」といわれ、真に受けて顔がほころんだ。

「つぎからミドルにいく？」

「いいすか？　こわいけど、じゃあぜひ」

いままではエンジョイ枠で参加していた。部活経験者や社会人からでも経験五年以上の上級者はガチ枠でダブルスをし、まったくの初心者がエンジョイ枠、その中間ぐらいの実力のものをミドル枠としてゲーム参加させてくれるのがこのサークルのいいところだ。実力差がモロに体育会系を刺激しミスや意思疎通《そつう》の不具合にピリピリすることは少ない。

鳥井がダブルスゲームを自撮りしていた姿で映っている。不格好なステップで、打点は低いながらちゃんと相手のレシーブを誘っている。シャトルが沈みきっておらずいわゆるドライブとスマッシュの中間のようなショットであったが、ちゃんとレシーブミスを誘ったので鳥井は身体がひらいて心がおどった。ダブルスを経験して坪井尊がいっていたことがわかった。たしかにバドミントンのダブルスとコンタクトインプロは似ている！

そのような閃《ひらめ》きをいうと、「うさんくさいなあ」と坪井大河は苦笑いした。「尊のようなことをいって」。その日も坪井大河はふりつけをつくっていた。つくりながら踊り、踊りながらつくるそのフワフワした動きを、真似して鳥井が踊っていると、「首のあたりで、すこしこう、溜めるような、こう？　それで背骨から繋がっている頸骨を意識して首を270度回す」「そう ー。で、こうかな」とそのまま首を残すような意識で左足を伸ばして右足を一歩飛ばす。「ジャンプ！っていうよりは、あくまで左足が伸びてポッ、と引っ張られるような、どっちかというと本音では飛びたくないな ーって感じ」「本音では？」それであかるい気分のまま鳥井は動きをためした。どうしても右足が主体的に飛んだような振りになってしまう。

「さいきんダブルスの試合とかみてるんで、プロの、いかに相手が邪魔なのかわかる。でも、踊りだってまあ、なにかモノがあるから踊っているわけだし。音楽もそうだし」

「へえ」

「それが相手の身体ってだけで、すごい意識が空っぽすぎちゃったり、逆に緊張しちゃったり、するんだよね。たとえばバドミントンでパートナーが後衛《こうえい》に入ったときに、あ、トッパンっていうんだけど、トッパンになったときに、自分がちゃんと前のポジションをとってないと、ショートで前に落とされちゃって、すっごい気まずいんだよね。ピリピリするの。後衛のひとだって、前にひとがいないってわかってたら、自分で拾えるんだよ、さいあく。パートナーを信頼してるから、攻撃に徹《てっ》しているけど、上手《うま》いひとってほんとはほとんどのシャトルはひとりで拾えちゃうの」

「ほー」

「だから一対二とかでやっても、ぜんぜん勝てないのね。実力差があんまなくても、一のほうが勝っちゃうこともあるぐらい。相手の身体が邪魔なんだな。でも、上手くなっていくと相手の身体の守備範囲が自分と重なることで、ふつうに生きているだけでは感じたことのないくらい、気分が、オフェンシブにもディフェンシブにもなれるんだろうなあ！」

「うるさいなあ。尊とおなじようなことを尊より丁寧《ていねい》にいわないでよ。論がつよいんだから、あいつは。真にうけないでほしいなあ」

スタジオには秋の風。つよく吹くでもない空気の揺れが蚊帳《かや》を揺らして、子どものころの幽霊がはいってくる。そのようにはしゃいでいるのかもしれない鳥井は、映像でスタジオの影を確認する。自分の踊りが半分うつって、半分かげっている。そこに坪井大河はうつっていない。さいしょから、坪井大河は動画にいっさいうつっていなかった。坪井尊も、うつっていなかった。影のようなものがかさなることはあっても、光をまったくうけない身体かもしれなかった。

「あと五十分ね。コンタクト、する？」

坪井大河にさそわれて体温を探すみたいにコンタクトを踊っていても、あまりリフトなど激しく高くおこなうわけではなく、腰のあたりにふたつめの地面をつくっていくような昂《たかぶ》らないコンタクトインプロは、いつもの鳥井よりややアクロバティックなソロというふうに映像でのこっている。たとえば意識。鳥井が喋っていることは意識の反響余韻にすぎず、いままでもだれにも届いていないのかもしれない。死んでいるのだとしたら自分のほうなのかもしれない。自分の人生の登場人物では自分はないのかもしれない。それが死ぬってことだろう？

じゃあ生きてるってことはなに？

萱は「それは邪魔ってことだよ」といった。波を背負った萱の腰からしたが刺さった水面に、切りモチのような夕陽が揺れて同体している。そのまま波打ち際と砂浜の境界のわからない映像が、萱を、萱の人体を自然にしていた。

「邪魔なの。生きてるってだけで。だから、わざと死んでいかないといけないだろ？　多いんだから、登場人物として多いんだから」

『カタストロフ』は興行成績こそふるわなかったが業界内での評判はよかったらしく、侑賀と坪井尊の事務所から十人ずつの若手俳優がつどい、深夜帯でW主演の二十五分ドラマを十本放送することになった。主演の組み合わせはおみくじスタイルでランダムにえらばれ、その公平さをしめすかのように、侑賀と坪井尊だけ二回とも組み合わせがかさなってふたりは苦い顔をしていた。

組み合わせ抽選会の一部始終はインターネットの限定動画で配信され、ふたたび侑賀と坪井尊で主演したふたつの作品を眺めた鳥井はおもうのだった。

「やっぱり、なんか足りないなあ」

「まあでも、なんか足りないっておもわせるってことは心に残るってことだから、いい作品だろ？　ふたつはちがう監督が撮ったんだし」

鳥井がカメラを向けると、菅はしゃがみこんでスニーカーの靴紐を結び直した。立てた左膝《ひざ》ではりつめたジーンズの生地が菅の体勢をよろめかせたが、それは「抜け」になった。ようするにおなじ動作でもポジにうつってしまい、役柄の性質とは関係なくネガになれない、ダサい役をやっていてダサく動いてもしんの意味でダサくなれない菅はカメラのまえで演技ではなく慌てたりできない。それが菅の主演しかできない限界のゆえんだった。

鳥井は菅にカメラをわたした。

きょうはちゃんと撮っている。

「なんかなあ！　ブラック企業にしてもなんかリアリティがありすぎるのか、足りないのか、どっちつかずな感じでブヨブヨしているし、会社を辞めちゃうほうの役は坪井でよかったのか？　ダンスボーカルだって、あれは坪井でよかったか？　踊れてはいたけど」

「おれ踊れないし」

わたしたカメラは撮っている映像を視認しながら撮影できるタイプのものなのでそうする必要はないのだが菅は片目をつむっている。いつもそうしている。

「けど、おまえのほうがリズム感はあるんだよ。坪井尊はバレエ出身じゃないし、ポーズやリズムをしっかり刻むタイプじゃない。ちゃんと練習させたら、菅のほうが踊れたともう」

「あんま時間なかったしなあ」

「そうだけど、それをいっちゃあな」

「てか踊りにきたの、尊じゃないし。弟のほうだし」

「ふふふ……、あいつら資本主義のカメラにはバッチリうつるんだな。まあ新鮮ではあったけど、侑賀のいやらしさとか、鬱屈《うっくつ》とか。けど、その新鮮さでいいのかなあ……」

公園には木枯らしが渦《うず》を巻いている。落葉がみじかい芝を絡《から》めて舞い上がり、上空でほそい軸を結んで雲にひらいていく。雨が降るのかもしれなかったから、なにか慟哭《どうこく》や号泣などの激情ひとつかふたつ、用意するべきなのかも。そんなセンチメンタリズムに嫌気がさしたので鳥井は菅からカメラをうばい風景を撮った。両目をあけると景色は多い。風景過多が菅をかがやかせる。まぶしかった。

「なんでもいいだろ。ふつうに演じられた、演じ終えた、それでいい。ゴシップは順調？」

「順調順調。なぜか半年前にかいた坪井尊の黒い噂がネットニュースにのって、トップまでのぼりつめたし。擁護《ようご》記事、バッシング記事、ネット民のこえサンプで、十五記事ぐらい稼げるかも」

「おぬしもわるよの」

笑っていたが、泣いている。菅の表情がいくつもの表情を偽って。叫ぶような声でささやいて。つめたい顔でまごころ。それは雨が降っているのに空は晴れているみたいに、強風のなかで髪もシャツもはためかない。

「またおれをころすのか？　その下手な演技で」

と菅はいった。

世論は坪井尊バッシングに傾き、それでてっきり逮捕されるものとおもっていたのだがニュース速報で流れてきたメッセージは、

……俳優の侑賀容疑者（26）逮捕

……覚醒剤《かくせいざい》取締法違反の疑い

だった。なぜ？　鳥井は面食らった。こんなのまるで青天の霹靂《へきれき》。鳩《はと》が豆鉄砲食らった

かのようだなと自分の表情をあらためてあとで確認したときにおもったものだが、果たしてそうした「しんの表情」や「生きた演技」のあいだにはそうした慣用句的な【言葉】しか介在しないようなおろかさが横たわっているのであった。

それでしばらくなにもすることができず、しかし日課のSNS巡回はやめられず書くべきゴシップ記事をあたまにうかべては、消してゆく。鳥井が書かなかったゴシップはすべて他人が書いてくれた。侑賀（菅航大）の家庭環境の不遇、奔放《ほんぽう》な女性関係、行きすぎたパーティー気質、それらはすべてリアリティにみちた物語にされ、適度な説得力と等身大の人間味があふれてしまっていたのだから、皆自分にとって都合のよい物語に感情移入して擁護したりバッシングしたりした。おなじ記事でひとを好きになったり嫌いになったりし、「よく人間が書けているな！」といって記事の内容を評価し、その書かれたテキストからその人間の好悪を判断する快楽だけが感染していき、芸能ゴシップから離れた世界に生きる人間の関心や悪意をもひとからひとへ間接的に呼び寄せてしまい、菅は際限なく傷ついている。

心ってなに？

鳥井は自撮りしつつ家で踊った。考えるのはいつだって踊ったあとだったから、曲が止まっても無音のなかでもすこし踊りつづけて、息をととのえながらすこしずつ終わっていく、そのような動きの終わりしなに思考が甦《よみがえ》ってまるでおれが生き返るみたいになるんだ。

菅はなんども注告した。けど、鳥井はいっさい聞く耳もたなかったじゃないか！ イライラした。鳥井、このおろかしい登場人物！ 鳥井はみずからの挙動に見切りをつけては鬱におちるまえに踊った。動揺の果てに桑野《くわの》に電話をかけると、「都合のいいときだけ恋人面《づら》しないで！」といわれた。恋人面？ 鳥井は映像を確認してみた。

「これが恋人面か」

ものすごく悪どいだけのただの若者の顔だった。だとしたら菅は無垢のような顔をしているに違いない。はやく、撮ってやらなきゃ。死んじゃうだろ？ ほんとに菅が。おれが撮らなきゃ死んじゃうだろ！ 擁護記事の物語性はじょじょにうすれ、バッシング記事はどんどんリアリティを増していった。するとSNSなどでは「侑賀はとばっちり」「逮捕すべき案件ではない」という声が勾留《こうりゅう》二週目にして多勢をしめた。ここでおれがリアリティのあるバッシング記事を書かなければ！ いつだって真心は悪手で、みずからの心のままの言葉を選ぶのは愚《おろ》かさの顕現《けんげん》でしかなかった。いくつものストーリーがあたまにうかんだ。子どものころから厭人の気、しかし演技に出会いかれは変わった、カメラのまえにしか生きている感慨を見いだせなかった侑賀、日常生活ではまるで無気力、現実と作品のバランスをとるためにいつしかクスリに手を染めはじめ、いつしか作品にまでその効力が及ぼして……

「嘘つけ！」

自撮りと編集を繰り返し、鳥井の撮り溜めた映像はだんだん作品の体《てい》を帯びはじめる。そういうストーリーだ。そういう……

それで、編集をしているときの自分の身体とはなんなのか？　知りあいのバンドに曲を貸してもらって音楽をつけて風景を足し、光を切って風をしずめる。物語がそのあいだにうきあがって、おれらの声が物語以上になるか？

「すごい欺瞞《ぎまん》だな！」

風景や歴史がキャラクターに、登場人物になるか？　間がもたなかったら雪でも降らせておけ！　もっと寒くなったら北へと雪を撮りにいこう。嵌《は》め込めばオーケー！　鳥井は踊りと編集で忙しかった。どんなに切り貼りしたところでおれたちは加害側の永遠、あらゆる通報をおもしろいと感じる表層だけの人間たち、だれかが傷つけられたことでしか存在できないその傷からたちのぼる「治りたい……」の臭気だよ！

そうこうしているあいだに菅は保釈、報道陣のまえでふかく頭をさげ、すばらしい謝罪を披露した。自宅にあった覚醒剤の一パケット、その権利と出どころはわからない。

ティンティンティン……と、ボールが室内に転がり込んでくるのをみて、鳥井は現実と記憶を間違えた。さっきまであった意識がぜんぶ嘘で、記憶のカットがいきなりはじまったような浮遊感をおぼえ、身体が記憶になってしまったのだった。小学生のころ、菅が投げたポートボールをキャッチして、海で溺れる、その二点においてしかない記憶が、身体をジャックするのだ。だけど、そのどちらかがもし偽りの記憶ポイントだったとしたならば、いまの鳥井はもういない。いないことになってしまいそうなほど、染まりきっていた。たとえばその間を埋めるみたいに、海で溺れる他人の子の映像をみつづける人生も無数にあった。自分の人生にない記憶を暴力的に、骨に肉を巻きつけるみたいにゴシップを自分に書いて、「おれ／私」として生きればいい。けれどその間に、歴史があって、法があって、カタストロフがかさなって、あらゆる加害とも被害とも繫がれる空白があって。

鳥井は茫洋としている意識のなかで、スタジオのなかでボールをさわった。子どもが団地を割いてやってきて、「どうもありがとう」といった。

「どういたしまして」

ボールを持ち主に返すとどうじに坪井大河がやってきて、「じゃあさいごに、一曲踊りますか」といった。老先生は亡くなり、ファンやマスコミに実家バレした大河は坪井尊の家族として東京にいるのがむずかしくなっていたので、祖父が残していた福井の家にひとりで引っ込むという。ようするに、鳥井の書いたゴシップが、鳥井と坪井大河を、鳥井と菅をわかれさせ、坪井尊の仕事は増えつづけている。替え玉ダンス演技の件も週刊誌に書かれたりしたが、被害をうけるのはきまって大河のほうで、菅のほうで、坪井尊ではないのだった。

　鳥井にはずっと正義感があった。生まれるまえから死んだあとまであるかのような正義感だった。坪井尊を憎んでいた。坪井尊の仕事を奪って、菅に与えたかった。しかし鳥井は坪井尊にはさわれず、さわれるのは坪井大河と菅ばかりだったのだから、暴力が捻《ねじ》れて加害が行き場を求めていきやすいところへいく。鳥井は坪井大河の身体を傷つけないように体重を預けて、足をささえ、腕を肩にのせ、頭を押しつけたりしつつ踊る。ふたつの身体をひとつのもののように偽って空間に放つみたいに、時間を騙《だま》すように踊るのだけれど、カメラは坪井大河の身体だけ映していないのだったから、音楽が昂るとものすごいアクロバティックが映像では展開されていない、鳥井はいつの間にかひとりで踊っていても、随分よきダンサーになっていたのだった。

……なんかいるもんある？
……とくにないなあ
……ないの？　なんか、食べ物とか
……あ、そういうのは一応まだ、マネが届けてくれてるから。じゃあなんか、緑
……緑
……なんか、植物とか
……花と草のちいさいのだったらどっち？

……

それで、多肉植物のごくちいさい鉢植えを購入して菅の家へいった。あうのはじつに半年ぶりだった。季節は冬を越して春になり、温くなった風が夜には規則ただしく冷えきってまだ膝からしたはさむい。菅の家はごくふつうのワンルームマンションで、ユニットバスですらあるのだったがオートロックは二重だった。エレベーターのボタンも、訪問先以外の階は押せないほど防犯がかたいのに、部屋はごく狭く十畳もない。べつに勾留されたからここへ越したわけではなく、もう二年ここに住んでいるという。二年前といえばもう多少侑賀の顔は売れていて、貯蓄も充分可能なころだっただろうから、鳥井は菅がまさかこんなワンルーム監禁みたいなマンションに住んでいるとはおもわなかった。中に入れてもらっても、モノのきわめてすくない家は生活感が菅がいるぶんだけゼロをとおりこしどこかしらマイナスという印象があって、鳥井は自分の身体の異物感が拭《ぬぐ》えずお世辞にも「おちつく」とはいえなかった。まるで、物語のなかでまだ侑賀だったころの菅がブラック企業を退職してしまったあとの、あの短編ドラマの画面で見た部屋にそっくりだったのだが、「あの部屋はマネージャーの一言がきっかけでこの部屋を忠実に再現したもんだったからな」という。

「なに？　そのムダな拘《こだわ》りは」

「なんか監督がそういう、ムダというか……なんかめんどくさかったから、会議がへんに盛り上がったみたいで」

「へえ……」

部屋にきたのに飲み物もいれてくれない菅は、逮捕勾留以後の世界でもなにも変わらないようにおもえる。事務所は解雇され、家族友人からも絶縁され、家から一歩もでていないという、そういったストーリーの経緯はすべて週刊誌やWEB記事から鳥井が仕入れたものだったからそこにどの程度の嘘が混じっていても、どれだけ荒唐無稽《こうとうむけい》な文章においてもいくらかの真実は含まれているだろうと鳥井が信じてしまっている時点でそれはその言葉たちが持ちうるリアリティなのだった。嘘だの本当だの、関係ないのだった。言葉が言葉であるというだけで、植物に置き換えて考えれば意味も関係ないのはわかるだろう？そこに画か文章がある時点でひとはリアリティをゼロか百のそのあいだで拵《こしら》えてしまうのだから。

鳥井は情緒が身体で部屋になっていたから多肉植物に言葉をあずけた。

菅はまだこの世界で居心地よさそうにしていた。

窓際で陽を浴びている。

「撮らないの？」

菅はいう。

鳥井はしばらく黙っていたが、とても間がもたない。

もたないのが当たり前な間だったのだから、ただえんえん黙ってそこにいられたらよかったのに。言葉を忘れた演技をするには、ただ黙っているのでは不充分だった。だからこそ菅とは違って鳥井は不安でたまらないのだ。時間が、意識がとめどなくとどまらなくて。記事を書いてもアップされることはなく、宛先のないゴシップに収入がついてくることはない、資本から取り残されて鳥井は不安でたまらず毎日ただ酒を飲んで寝ているのだったから、菅のこの世界に馴染んでいる感はそれだけでおそろしくさらなる疎外をつきつけられるかのよう。TVでは毎日のように坪井尊をみる。ドラマにでる坪井。舞台にでる坪井。映画にでる坪井。ドキュメンタリーにでる坪井。番宣にでる坪井。イベントにでる坪井。CMにでる坪井。どれだけ陰謀《いんぼう》が坪井のスケープゴートとしての侑賀、巨大事務所どうしの力関係の被害者としての侑賀、巨大資本の犠牲者としての侑賀の物語を紡《つむ》いでも、もしそこにリアリティがあったとしたら多数派の資本に負ける。そこにリアリティがなかったのなら少数派の想像力に負ける。そうした仕組こそがゴシップだった。ただしければ資本にやぶれ、まちがっていれば想像力にやぶれ、そこではじめてうつくしくなってしまう物語が、いぜん多くのひとを魅了して、侑賀のファンはむしろ増えているのだが侑賀はもうどこにもいない。坪井は資本主義のカメラでよく映える。侑賀は資本でかがやかなかったからけっきょく俳優にはむいていなかった。作品にはむいていたとしても、俳優はもちろん資本と身体がいっしょになってかがやき、そのあとでほんのすこしそこからズレて大衆に受けるのだから、作品といっしょになっている時間なんてほんとうにはないのだ。

　菅はバカだなあ……

「撮らないよ、かんべんしてよ」

とだいぶ間をおきつつ応えた鳥井だったが、じつは音声だけ記録していたので風景はあとで撮り直したものだ。膵臓《すいぞう》をわるくして断酒せざるをえなくなった鳥井がようやく再開した撮影のなかで、どちらかがどちらかをちゃんところす。

　そのような物語を未来に用意して。

　多肉植物をじっと眺めて、いつしか風景化した菅と鳥井はいつまでもそこにいた。


「え、まだいるの？　記者？　ライター？」

「さあ。ひとりだけ粘ってる。若いおとこね。おれたちぐらいじゃない？　すごい職業意識が高いから、もしかすると鳥井もなんか聞かれるかもね。あと顔と体型と声がね、おれとおまえの丁度中間」

「なんだそれ」

　菅のその予告どおりマンションをでると、「こんにちはー」という、感じのよい青年がそこにいる。

　鳥井は「こんにちは」といった。

「こんにちは」

「いい天気ですね」

「そうですか？」

「そうですか？」

「おしりあいですか？」

「だれのですか？」

「いま、そこの……」

「あ、はい」

「だれの？」

「いや」

「え、あの……」

「差し入れですか？」

「え、どれが？」

「いや、それ……」

「うーん、差し入れ……」

「ライターさんですか？」

「あ、ハイ、そうですが」

「やっぱり、じゃあおしりあいなんですね」

「あなたもそうですか？」

「いえいえ。お元気でした？」

「あなたは？」

「いやいや」

「いやいや」

「元気は元気ですよ」

「でもたいへんですね、毎日毎日」

「毎日ではないです」

「まあまあ。で、どうですか、かれのようすは」

「うーん……。逆にどうですか？」

「逆とは」

「はあー……」

「死にましたよね」

「は？」

「侑賀というおとこは」

「いや」

「わたしたちがころしたので」

「ええと、なにが目的ですか」

「ないですないです。目的とか」

「ないんですか」

「ない」

「ない」

「たいへんですね。雨、降られないといいですね」

「わたしはたいへんじゃないですよ」

「いや、そういうことじゃなく。晴れてたほうが気持ちいいじゃないですか?」

「そういうこと」

「そういうこと」

初出一覧

「カタストロフ」「文藝」二〇一九年冬季号

「このパーティー気質がとうとい」「文藝」二〇二〇年夏季号

「ホモソーシャル・クラッカーを鳴らせよ」書き下ろし

「死亡のメソッド」「文藝」二〇二〇年秋季号

町屋良平（まちや・りょうへい）

1983年生まれ。2016年「青が破れる」で第53回文藝賞受賞、第30回三島由紀夫賞候補。2018年「しき」で第159回芥川龍之介賞候補、2019年「１Ｒ１分34秒」で第160回芥川龍之介賞受賞。著書に『青が破れる』、『しき』（ともに河出文庫）、『１Ｒ１分34秒』（新潮社）、『ぼくはきっとやさしい』（河出書房新社）、『愛が嫌い』（文藝春秋）、『ショパンゾンビ・コンテスタント』（新潮社）、『坂下あたると、しじょうの宇宙』（集英社）がある。

ふたりでちょうど200%

二〇二〇年一一月二〇日　初版印刷
二〇二〇年一一月三〇日　初版発行

著　者　町屋良平

装　幀　森敬太（合同会社　飛ぶ教室）
装　画　一乗ひかる
発行者　小野寺優
発行所　株式会社河出書房新社
〒一五一-〇〇五一
東京都渋谷区千駄ヶ谷二-三二-二
電話〇三-三四〇四-一二〇一（営業）
〇三-三四〇四-八六一一（編集）
http://www.kawade.co.jp/

組　版　KAWADE DTP WORKS
印　刷　株式会社亨有堂印刷所
製　本　加藤製本株式会社

Printed in Japan
ISBN978-4-309-02926-9

河出書房新社
町屋良平の本

河出文庫

青が破れる

その冬、おれの身近で三人の大切なひとが死んだ――
新時代の幕開けを告げる、究極のボクシング小説。
第五三回文藝賞受賞のデビュー作。
【特別収録】対談＝×尾崎世界観
マンガ＝マキヒロチ「青が破れる」

河出文庫

しき

〝テトロドトキサイザ2号踊ってみた〟春夏秋冬——
これは未来への焦りと、いまを動かす欲望のすべて。
高二男子三人女子三人、「恋」と「努力」と「友情」の、
超進化系青春小説。

河出書房新社
町屋良平の本

ぼくはきっとやさしい

男メンヘラ、果敢に生きる——
恋に落ちるのは、いつも一瞬、そして全力。
無気力系男子・岳文をめぐる、ピュアで無謀な恋愛小説。